Fred Nitsche

Meine südhessischen Weihnachtsgeschichten

Weihnachtliche Erzählungen

FSC
www.fsc.org
MIX
Papier aus ver-
antwortungsvollen
Quellen
Paper from
responsible sources
FSC® C105338

Bibliografische Information der Deutschen Nationalbibliothek:
Die Deutsche Nationalbibliothek verzeichnet diese Publikation in der Deutschen Nationalbibliografie; detaillierte bibliografische Daten sind im Internet über http://dnb.dnb.de abrufbar.

© 2020 Fred Nitsche
Illustrationen: Raffaella Buhofer
Lektorat und Korrektorat: Karin Nitsche
Cover: Fred Nitsche mit Motiven von Raffaella Buhofer
Satz und Layout: Karin und Fred Nitsche
Herstellung und Verlag: BoD – Books on Demand, Norderstedt
ISBN: 978-3-7526-1206-6

Inhalt

Hameds und Heiners Heiliger Abend

Mitten in der ehemaligen Residenzstadt Darmstadt steht das aus verschiedenen Bauepochen stammende Schloss. Und obwohl es im Zweiten Weltkrieg sehr zerstört worden war, waren nach dem jahrelangen Wiederaufbau die beiden Baustile Renaissance und Barock weiterhin prägend für das Ensemble. Im im Renaissancestil errichteten älteren Glockenbau mit dem namensgebenden Glockenspiel auf dem Turm hatte ich zweiundzwanzig Jahre lang mein Büro als Verwaltungsleiter einer der großen im Schloss angesiedelten Dienststellen des Landes Hessen, die auch auf die jüngeren Barockbauten verteilt waren. Im Schloss befanden sich gegen Ende des 20. Jahrhunderts das Hessische Staatsarchiv, das Erste Polizeirevier, die Hessische Landes- und Hochschulbibliothek, Teile der Technischen Hochschule und als private Einrichtung des Hauses Hessen das Schlossmuseum. Dazu kamen in Teilen der Keller der Kellerklub als Künstlertreff und der Schlosskeller als Treff der Studierenden der TH und auf dem Wall ein privat betriebenes Sommercafé. Heute befinden sich nur noch Teile der Technische Universität, der früheren Technischen Hochschule, das Schlossmuseum und die beiden Lokalitäten sowie das Deutsche Polen-Institut im Schloss. Und aus dem Café auf dem Wall wurde das Schlossgarten Café des Allgemeinen Studentenausschusses der Technischen Universität.

Das Schloss diente nie Wohnzwecken, sondern wurde immer schon für Repräsentation, Verwaltung, Ordnung und Wissenschaft genutzt. Von drei Seiten, von Süden, von Westen und von Norden gibt es Zugänge, die jeweils als Brücken über den Schlossgraben angelegt sind. Über dem nördlichen Zugang liegt das putzige Brückenhäuschen, und östlich dieses Brückenhäuschens an der Nordost-Ecke des Walls das ehemalige Wohnhaus eines der Hausmeister, die früher recht zahlreich im Schloss vertreten waren. Von dort zieht sich in südlicher Richtung der wunderschöne Hainbuchen Hain bis zum Schlossmuseum hin.

Mit dem Schloss verbinde ich viele schöne Erinnerungen. Besonders ist mir eine Begegnung im Gedächtnis geblieben. Mit der in Darmstadt sehr angesehenen und beliebten Prinzessin Margaret von Hessen und bei Rhein war ich persönlich bekannt und eines schönen Tages stellte sie mich im

Glockenbauhof der legendären Queen Mum vor, Sie wissen schon, die Dame mit dem Gin.

Auch meine Freundschaft mit einigen der Hausmeister im Schloss und die mit ihnen erlebten Episoden blieben mir in so guter Erinnerung, dass mich eins dieser Erlebnisse zu der folgenden Geschichte angeregt hat. Aus all den Hausmeistern, mit denen ich auch teilweise befreundet war, habe ich dafür einen einzigen gemacht und ihn Heiner genannt, nach dem Spitznamen der Darmstädter.

Mein Freund Heiner war zu einer Zeit Hausmeister, als es noch die von ihm und seiner Familie bewohnte Hausmeisterwohnung im Wallhaus gab. Dort war es, wie er immer wieder mal bei mir beklagte, oft einsamer, als man es mitten in der Stadt vermutet hätte. Im Winter gab es damals noch ausreichend Schnee und so spielt diese Geschichte also zu einer Zeit, als die Welt klimatisch noch einigermaßen in Ordnung schien.

Pünktlich vor Beginn der Weihnachtsferien war in Darmstadt und drum herum viel Schnee gefallen. Das freute die Kinder und die Erwachsenen, die sich einen Teil ihres kindlichen Empfindens bewahrt hatten. Weniger erfreut waren die Menschen, die sich durch den Schnee kämpfen mussten, um zum Ort ihrer Berufsausübung zu gelangen. Und noch weniger erfreut waren diejenigen, bei denen es zum Beruf gehörte, die weiße Pracht so weit zu beseitigen, dass sie niemandem mehr im Wege war. Und zu diesen Menschen gehörte natürlich auch mein Freund Heiner. Die riesigen verschneiten Innenhöfe im Schloss erschienen ihm teilweise wie persönliche Feinde. Und auch seine gute technische Ausstattung versöhnte ihn nicht wirklich mit den gefallenen Schneemassen. Aber auch bei ungeliebter Arbeit kann man schöne Erlebnisse haben.

Als er am Morgen des ersten Tags der Weihnachtsferien, es schneite ausnahmsweise einmal nicht, mit seinem kleinen Trecker, vorne der Schneekehrer, hinten der Salzstreuer, durch die Schlosshöfe tuckerte, fiel ihm im Glockenbauhof eine kleine, recht vermummte Gestalt auf, die ihn von den Kolonnaden bei dem Polizeirevier beobachtete. Er drehte zunächst eine weitere Runde durch den Kirchenbau- und den Parforcehof. Den Wall würde er sich später vornehmen. Die Gestalt stand auch bei der nächsten Runde noch unter den Kolonnaden. Als sie ihn bei der dritten Runde immer noch beobachtete, hielt Heiner seinen Gefährt an, stieg aus und ging die paar Stufen hoch zu den Kolonnaden. Der kleine Mensch bewegte sich dabei nicht, weder auf Heiner zu, noch von Heiner weg. Als Heiner ihn erreicht hatte, ging er in die Hocke und schaute in das Gesicht eines etwa zehnjährigen Jungen, dem unter der Kapuze seines Anoraks dunkle Locken hervorquollen. Heiner schaute in ebenfalls dunkle, neugierige und überaus freundliche Augen.

„Hallo", sagte er. „Ich bin der Heiner. Und wie heißt Du?" „Hamed", lautete die Antwort. „Ich heiße Hamed". „Und was machst Du hier, so alleine am frühen Morgen. Müsstest Du nicht zuhause sein, insbesondere, da ja Ferien sind?"

Darauf machte Hamed ein recht trauriges Gesicht. Heiner erfuhr, dass Hamed aus dem nördlichen Afrika stammte und mit seinen Eltern mitten in Darmstadt wohnte. „Ich gehe gerne von daheim weg, um mir anderes anzuschauen", sagte er in ordentlichem Deutsch. Heiner, der durchaus zu seinen Vorurteilen stand, war baff darüber. Er machte Hamed klar, dass er nun weiter arbeiten müsse und wünschte ihm noch einen schönen Tag. Als sich Hamed dann trollte, dachte Heiner nicht, dass er ihn jemals wiedersehen würde.

Aber Hamed war am nächsten Morgen und an derselben Stelle wieder da. Über Nacht hatte es erneut geschneit, und es sollte nun bis Weihnachten jede Nacht schneien. Heiner zog wieder seine Runden mit dem Trecker. Diesmal blieb er gleich beim ersten Mal stehen, als er Hamed erblickt hatte. An diesem Morgen erfuhr er, dass Hamed Mohammedaner war. So klein wie er noch war, interessierte er sich doch auch schon für andere Religionen. Beim christlichen Weihnachtsfest schien ihm allerdings die Möglichkeit, Wünsche erfüllt zu bekommen, besonders interessant, was ihn ja nicht unbedingt von in christlichem Glauben erzogenen Kindern unterscheidet.

Am nächsten Morgen wartete Hamed schon unten im Hof und nicht mehr oben unter den Kolonnaden auf Heiner. Diesmal erzählte er ihm davon, dass er im Sommer immer die Ponys im Schlossgraben habe weiden sehen. Damals ließ der Wirt des angesagtesten Jugendtreffpunkts mitten in der Stadt, der „Goldenen Krone" seine Ponys im Schlossgraben grasen, mit meiner „von oben" abgesegneten Zustimmung. Die Hauptaufgabe dieser netten Pferdchen war, am Naherholungsgebiet Steinbrücker Teich mit dem Darmstädter Nachwuchs ruhig und besonnen Kreise zu ziehen. Heutzutage ist leider kein Pony mehr im Schlossgraben finden. Dafür wird er aber von der TU sukzessive in einen sehr ansehnlichen Zustand versetzt. Es wäre sein größter Wunsch, sagte Hamed, einmal in einer Kutsche mit vorgespannten Ponys eine Ausfahrt zu machen.

Im Laufe der nächsten Tage wurden Hamed und Heiner immer vertrauter miteinander. Auch Heiner erzählte nun etwas aus seinem Leben, und er erfuhr umgekehrt immer mehr von Hameds Familie und von seinen Geschwistern. Über den bevorstehenden Heiligen Abend sprachen sie allerdings nicht mehr. Trotzdem ging Heiner davon aus, dass er Hamed auch an diesem Tage sehen würde. Und er hatte da so seine Vorbereitungen getroffen. Als der Heilige Abend anbrach, waren schon ganz früh am Morgen, weit vor der Zeit, zu der Hamed zu erscheinen pflegte, im Parforcehof, den Hamed bisher noch nicht betreten hatte, ungewohnte Geräusche zu hören. Es schnaubte, es scharrte und ab und zu ächzte, quietschte und klingelte es auch. Alles allerdings sehr verhalten. Heiner war mit dem Krone-Wirt Peter befreundet und hatte diesen um einen Gefallen für seinen neuen Freund gebeten. Sie hatten vor wenigen Tagen vereinbart, Hamed mit einer kleinen Kutschfahrt zu überraschen. Da es aber auch in dieser Nacht geschneit hatte und an diesem speziellen Tag vielleicht nicht alle Straßen sofort vom Schnee befreit werden würden, hatte Peter sogar einen Schlitten statt der Kutsche genommen und sich mit Bart, rotem Mantel mit Kapuze und schweren Stiefel in den Weihnachtsmann verwandelt.

Als die Zeit gekommen war, stapfte Heiner, auch er warm bekleidet und mit schweren Stiefeln versehen, vom Parforce- in den Glockenbauhof, wo er von Hamed erwartet wurde. Dieser staunte schon etwas, als er seinen Freund ohne Trecker auf sich zukommen sah. Nachdem sie sich begrüßt hatten, sagte Heiner zu Hamed, dass er sich sehr freue, Hameds Freund zu sein und er deshalb eine Überraschung für ihn habe. „Du weißt ja inzwischen von mir, dass hier bei uns heute der Weihnachtsmann zu den Kindern kommt. Manchmal bringt er Geschenke als Überraschung mit. Manchmal ist sein Erscheinen alleine schon Überraschung genug."

Dann gab Heiner einen Pfiff von sich; laut genug, damit Peter ihn hören konnte, doch nicht so laut, dass Hamed erschrecken könnte.

Und dann kam Peter mit seinem Schlitten in den Glockenbauhof geglitten. Vier Ponys waren vorgespannt. Im Zaumzeug erklangen Glöckchen und Peter gelang es wunderbar, sein für Hamed doch sehr ungewohntes Aussehen durch ein überaus freundliches Gesicht zu mildern.

Er lud Hamed ein, auf dem Kutschbock neben ihm Platz zu nehmen. Heiner half ihm dabei und stieg selbst hinten in die Kutsche ein.

Und dann zeigte sich, dass ein frohes und glückliches Kinderlächeln überall auf der Welt gleich schön ist.

Der Rodensteiner Weihnachtsmann

Christian war ein Lausebengel von 12 Jahren, aufgeweckt, mit rascher Auffassungsgabe versehen und vielseitig interessiert. In den fünfziger Jahren des vergangenen Jahrhunderts lebte er mit seiner Familie, das waren seine Eltern, seine Großmutter und drei kleinere Geschwister, auf einem Bauernhof im Odenwald, der zwischen dem Dorf Fränkisch-Crumbach und der Ruine Rodenstein lag.

Pfiffig, wie Christian war, brauchte er wenig Zeit für die nach der Schule zu erledigenden Hausaufgaben. Das ergab im Winter, wenn er wenig oder gar nicht auf dem Hof helfen musste, viel Freizeit für ihn. Die verbrachte er oft im Wald um die Ruine Rodenstein, auf der Spur der Sage über den Rodensteiner. Diese Sage fesselte ihn, seit er lesen konnte. Der Grundstock für dieses Interesse war jedoch schon viel früher von Christians Großmutter gelegt worden. Sie hatte dem Bub immer wieder Geschichten über den Rodensteiner erzählt. Der 2. Weltkrieg war gerade vorüber, als sie den damals dreijährigen Christian zum ersten Mal in die Welt der Ritter, also in die Vergangenheit, und in die Welt der Untoten und Wiederkehrer, also in die damalige Gegenwart, eintauchen ließ. Sie erzählte ihm von den nächtlichen Stürmen gegen Mitte und Ende der Dreißigerjahre. In ihnen seien zweifelsfrei Pferdegewieher, Rüstungsgeklapper und Wortfetzen zu hören gewesen. Verlässliche Hinweise auf die Wilde Jagd des Rodensteiners zwischen den Burgen Schnellerts und Rodenstein, die ganz sicher Unheil und Kriege ankündigte.

Damals hatte Christian angefangen zu glauben, dass das, was in der Sage vom Rodensteiner geschildert wird, wahr sei und sich tatsächlich ereignet hat oder ereignen könnte. Er war dann auch noch mit 12 Jahren bereit zu glauben, dass solche Dinge zwar nicht wahrscheinlich, wohl aber möglich wären. Ähnlich erging es ihm mit dem Nikolaus beziehungsweise dem Weihnachtsmann. Er wusste zwar, dass der Nikolaus, der regelmäßig am 6. Dezember ihm und seinen drei kleineren Geschwistern einen gehörigen Schrecken einzujagen versuchte, jedes Mal der Onkel Karl aus Reichelsheim war. Aber wieso sollte es nicht doch einen Weihnachtsmann geben, der das liebe Christkindchen bei seiner schweren Arbeit unterstützte. Und wieso sollte dieser Weihnachtsmann nicht gerade im schönen und zu jenen Zeiten immer tief verschneiten Odenwald leben, in dem es viele große und einsame Waldstücke gab, in denen er unerkannt leben konnte.

Zu dieser Zeit ging Christian an einem frühen Nachmittag Anfang Dezember wieder einmal in den Wald. Der Himmel war wolkenverhangen und es roch nach Schnee, nach ganz viel Schnee, der die schon recht hohe Schneedecke noch dicker würde werden lassen. Bis in den Wald hinein nahm Christian immer die gebahnten Wege, die teilweise durch die Pferdefuhrwerke der Bauern, die von Stadeln auf den Waldlichtungen frisches Heu holten, richtig gut zu gehen waren. Mitten im Wald dann zog er es oft vor, die Wege zu verlassen und da, wo der Schnee wegen der dichten Bäume nicht gar so hoch lag, herum zu streifen. Durch das dichte Dach der Bäume, auf dem viel Schnee liegen geblieben war, war es selbst um diese Tageszeit schon sehr duster im Wald. Angst kannte Christian im Grunde nicht und im Zweifel obsiegte seine Neugierde.

Angst und Neugierde waren zunächst auch gleich stark, als Christian plötzlich eine mitten im Wald gelegene Hütte entdeckte, die ihm vorher noch nie aufgefallen war. Oder hatte es sie früher gar nicht gegeben? Aus dem Schornstein, der nur wenig über das tief verschneite Dach hinausragte, quoll

Rauch und durch ein Fenster konnte er in eine beleuchtete Stube blicken. Inzwischen hatte die Neugierde wieder einmal gewonnen und Christian näherte sich möglichst leise dem Fenster, hinter dem er dann in der Stube einen alten Mann mit Rauschebart und freundlichem Gesicht erblickte, der ärmlich aber ordentlich gekleidet war. Da überkam Christian doch eine Art Fluchtinstinkt, dem er aber zunächst noch widerstand, da er glaubte, der alte Mann in der Hütte hätte ihn nicht gesehen. Das stimmte aber nicht. Und als Jockel, so hieß der Alte, dann tatsächlich vor die Hütte trat, machte sich Christian wieselflink aus dem Staube.

Der geneigte Leser und der Autor genießen nun einen kleinen Wissensvorsprung gegenüber Christian. Jockel war jemand, den man heute als Mensch ohne festen Wohnsitz bezeichnen würde. Früher hieß es einfach Landstreicher. Für diesen Winter hatte er eine Bleibe in der unverschlossenen Waldarbeiterhütte gefunden, die schon seit langem an diesem Fleck stand, Christian aber tatsächlich noch nicht aufgefallen war. Seinen Lebensunterhalt verdiente Jockel durch Betteln und, nun ja, durch „Selbstbedienung". Hilfsarbeiten zum Geldverdienen waren nur im Sommer gegeben.

Schon am nächsten Tag kehrte Christian zurück zu der Hütte und Jockel war so geschwind zur

Tür draußen, dass Christian keine Zeit mehr fand, zu fliehen oder sich zumindest zu verstecken.

Jockel war es nämlich nach etwas Gesellschaft zumute. Christian war erneut überrascht bis erschrocken und sagte zu seiner und Jockels Verwunderung: „Weihnachtsmann?" Und ebenso zu beider Verwunderung antwortete Jockel einfach mit Ja. Nach ein paar weiteren Worten lief Christian erneut davon.

Er hatte bei dem kurzen Gespräch auch den Namen seines neuen Bekannten erfahren. Dieser Name Jockel erinnerte Christian an die Geschichte vom Raubacher Jockel, die ihm auch seine Großmutter erzählt hatte. Das Mitte des 19. Jahrhunderts in Raubach unter dem Namen Jakob Ihrig geborene Odenwälder Original war nacheinander oder auch gleichzeitig unter anderem Gemeindediener, Köhler, Feldschütz und insbesondere ein begnadeter Musiker.

Am nächsten Morgen fiel Christian ein, dass der Weihnachtsmann während ihres kurzen Gesprächs am Vortag eigenartigerweise etwas von Hunger gesagt hatte. So machte er sich dann mit einem aus der elterlichen Vorrats-Kammer besorgten Kanten Brot und einem kleinen Stück Wurst wieder auf zur Hütte im Wald. Jockel war sehr erfreut über das willkommene Mitbringsel. Dann spielte er Christian etwas auf seiner Mundharmonika vor, um diesem danach mitzuteilen, dass er, der Jockel, doch gar nicht der Weihnachtsmann sei. Dieses Geständnis kam jedoch für Christian viel zu spät. Sein Glaube an Jockel, den Weihnachtsmann, war inzwischen unerschütterlich.

So ging es allmählich auf den Heiligen Abend zu. Christian versorgte Jockel immer dann mit etwas Essen, wenn er dies gefahrlos daheim bewerkstelligen konnte. Jockel spielte Christian auf der Mundharmonika vor und gab das Instrument dem Buben, der nach anfänglich jämmerlichen Versuchen bald seinem Weihnachtsmann an Spielfertigkeit nicht nachstand. Und Jockel merkte natürlich, wie gut Christian eine eigene Mundharmonika tun würde

Kurz vor Weihnachten sagte Christian zu Jockel, dass er ihn am Morgen des Heiligen Abend auf alle Fälle noch einmal besuchen würde, wenn es ginge mit mehr und besserem Essen. Nachmittags sei dann daheim Bescherung, bei der es aber traditionell keine außergewöhnlichen Geschenke gäbe, da das Geld zwar das Jahr über zu einem ordentlichen Leben reiche, aber für Überflüssiges keines da sei. Es gäbe das, was im Grunde nötig sei. Mal eine neue Hose, mal ein Paar feste Stiefel,

aber nie etwas zu spielen. Und nach der Bescherung ginge es dann nachts in die Kirche.

Als Christian dann recht früh am Heiligen Abend
bei Jockel mit einigem guten Essen auftauchte,
überraschte Jockel Christian mit einer niegelna-
gelneuen Mundharmonika, über deren Quelle er
schwieg, was wahrscheinlich auch besser so war.
Nach ein paar Worten mit Jockel machte sich
Christian mit glänzenden Augen heim zu den
Eltern, nicht ohne die Mundharmonika vorher auf
einem sicheren Platz im Bauernhof versteckt zu
haben.

Der Glanz in Christians Augen verlosch den ganzen Tag nicht und seine Eltern, seine Oma und
seine Geschwister wunderten sich doch arg darüber, wieso der neue Pullover und die paar Nüs-
se, die es als Weihnachtsgeschenk gab, eine solche
Reaktion bei Christian auslösen konnten. Vor allem aber wunderten sie sich darüber, dass er
mehrfach betonte, den Weihnachtsmann gäbe es
tatsächlich.

Christian hielt die Mundharmonika solange versteckt und benutzte sie nur heimlich im Wald, bis
er zwei Jahre später glaubhaft versichern konnte,
er habe sich von dem zur Konfirmation erhaltenen
Bargeld eine gebrauchte Mundharmonika im
Nachbardorf gekauft. Seine Familie staunte dann

aber nicht schlecht, dass er auf Anhieb die schönsten Melodien daraus hervorzaubern konnte.

Nach Weihnachten trafen sich Christian und Jockel noch ein-, zweimal im Wald, bis Jockel Christian offenbarte, er müsse nun weiter ziehen, was Christian vollauf verstand, da Weihnachten ja nun vorüber sei und der Weihnachtsmann seine Ruhe bräuchte. In dem Winter vor seiner Konfirmation suchte Christian dann den ganzen Wald nach seinem neuen Freund ab, ohne ihn zu finden. Aber auch die Hütte war nicht mehr da. Christian wusste nicht, dass sie im Sommer abgerissen worden war. Für ihn war sie einfach mit dem Weihnachtsmann verschwunden.

Sein Weihnachtsmann hatte wohl anderswo Quartier bezogen.

Das Schockelgäulsche

Einst gab es im ganzen Odenwald viele Handwerker, die sich der Schnitzkunst und dem Drechseln verschrieben hatten. Meist arbeiteten sie für sich alleine; einige wenige betrieben regelrechte Manufakturen mit mehreren Mitarbeitern. Neben allerlei rein zweckdienlichen Sachen wurden auch Spielwaren hergestellt, darunter ab der Mitte des 19. Jahrhunderts Holzpferde in allen Größen. Die größten von ihnen standen auf gebogenen Kufen, die sie zu einem Schaukelpferd machten, in der Odenwälder Mundart Schockelgäulsche genannt. Diese Pferdchen wurden im Laufe der Zeit zu einer regelrechten Marke, und sie waren unter der Bezeichnung „Odenwälder Schockelgäulsche" weit über die Region hinaus bekannt. Ihre Hersteller wurden Gäulschesmacher genannt.

Holz war reichlich vorhanden in diesem sanften Mittelgebirge, das sich östlich der Oberrheinischen Tiefebene zwischen Main und Neckar erstreckt. Mäßig ansteigend und ebenso abfallend die dicht bewaldeten Hügel, nicht zu schmal und eng die Täler mit ihren Feldern und Wiesen. Und darin eingebettet Dörfer und kleine Städtchen. Im Grunde sieht diese schöne Landschaft heute noch genau so aus, wie zu den Zeiten, in denen diese Geschichte spielt.

Es gibt auch immer noch sehr viel Wald und somit Holz im Odenwald. Was es aber kaum mehr gibt, sind Gäulschesmacher. Dem Autor ist gerade noch eine einzige Familie in Beerfurth, im Tal der Gersprenz gelegen, bekannt, die sich seit der Wende vom 19. auf das 20. Jahrhundert noch mit diesem Handwerk beschäftigt und die ihre Produkte auch direkt dort verkauft. Neben den Odenwälder Schockelgäulscher gibt es dort noch anderes Holzspielzeug zu bewundern, das liebevoll und per Hand hergestellt wurde.

Beerfurth, zu Reichelsheim gehörend, bietet für seine Größe von nur gut tausend Einwohnern eine erstaunliche Fülle altehrwürdiger Betriebe. Neben dem Gäulschesmacher gibt es eine über die Grenzen des Odenwalds hinaus bekannte und für ihr „Stöffche", den Apfelwein, beliebte Kelterei, eine Edelobstbrennerei und zwei Lebkuchenbäckereien, von denen eine auch, je nach Jahreszeit, Weihnachtsmänner oder Osterhasen aus Schokolade herstellt. Die ältere der Lebkuchenbäckereien besteht seit 1785 und ist trotz der inzwischen großen Bekanntheit durch Rundfunk, Fernsehen und

Presse in ihrer Ursprünglichkeit erhalten geblieben. Der Verkauf findet praktisch in der Backstube mit ihren verführerischen Gerüchen statt, die Produktion ist immer noch reine Handarbeit und einer der Hingucker ist der über 70 Jahre alte Backofen mit den Ausmaßen einer halben Garage. Aber diese Geschichte spielt ja nicht in Beerfurth und nicht in der Gegenwart, sondern vor zwei Jahrhundertwenden zu längst vergangenen Zeiten. Damals hatten die vielen Gäulschesmacher im Odenwald fast alle gut zu tun. Anders als heute kamen die Menschen aber nicht zu ihnen in die Werkstatt, um ihre Produkte zu kaufen. Vielmehr beschäftigten diese Handwerker einige Hausierer, die ihre Ware nah und fern, noch in der Heimat aber auch schon in der Fremde, an die Kundschaft bringen sollten. Diese Hausierer lebten mal recht aber auch oft schlecht alleine von dem Umsatz, den sie erzielten.

Einer dieser Hausierer war Hannes. Hannes lebte mit seiner Frau Gertrud, Kinder hatten sie keine, in einem einfachen aber ordentlichen und sauberen kleinen Häuschen zwischen Erbach und Michelstadt. Früher konnte man noch zwischen diesen beiden Städtchen leben. Sie waren noch nicht zu einer quasi Einheit räumlich zusammengewachsen. Geregelt wurde die Welt damals im

Odenwald und anderswo noch nach den Regeln des Adels; Hannes' Fürsten waren die Grafen von Erbach. Und Hannes' Arbeitgeber war ein Michelstädter Schnitzer und Drechsler, der auch Gäulschesmacher war. Hannes' Arbeitsbereich erstreckte sich östlich des Tals der Mümling bis zum Main und war damit recht überschaubar. So musste er meist nicht länger als zwei, drei Tage von daheim weg sein. Oft sogar kam er schon am späten Abend des Tages wieder zurück, an dem er losgezogen war. Gertrud war dies sehr recht, denn so ganz alleine fühlte sie sich in ihrem Häuschen doch nicht ganz wohl und auch nicht immer sicher.

Hannes war seiner Frau im Grunde ein ebenso guter Mann, wie sie ihm eine gute Frau war. Er war eine treue Seele, liebte seine Frau und ging meist auch regelmäßig mit ihr zur Kirche. Allerdings hatte er auch weniger schöne Angewohnheiten. Dazu gehörte, dass er am Ende seiner Tour nicht immer sofort den Weg nach Hause fand, sondern ganz gerne ins Wirtshaus einkehrte, wo er, ab und an auch mit seinem Gäulschesmacher, dem es relativ gut ging, einen trank. Allerdings achtete der Gäulschesmacher darauf, immer ziemlich nüchtern zu bleiben, während Hannes immer seltener nüchtern nach Hause kam. Das tat Gertrud jedes Mal aufs Neue weh. Da sie aber, wie wir schon wissen, kinderlos waren und Gertrud sehr sparsam wirtschaftete, konnten sie wenigstens den durch die Trinkerei hervorgerufenen finanziellen Verlust einigermaßen verkraften.

Auf seinen Touren kam Hannes auch immer wieder an dem zu Weilbach gehörenden kleinen Weiler Gönz, halbwegs zwischen Michelstadt und Amorbach gelegen, vorbei. Dort war ihm schon im Spätsommer eine winzige heruntergekommene Kate aufgefallen. Seine dortigen Verkaufsversuche waren daran gescheitert, dass die Hausbewohner absolut kein Geld für seine aus Holz gefertigten Gebrauchsgegenstände und natürlich erst recht nicht für sein Holzspielzeug hatten. Im Sommer hatte er weniger Schockelgäulscher zum Verkaufen bei sich als im Winter zur Weihnachtszeit, aber einige lugten immer aus der Kötze, in der er seine Waren transportierte. Und diese Gäulscher hatten es Michel, dem einzigen Sohn der Bewohner dieses armseligen Anwesens, sehr, sehr angetan. Michel war ein aufgeweckter Junge von etwa fünf bis sechs Jahren, mit dem sich Hannes immer wieder gerne unterhielt. Hannes hatte es sich angewöhnt, wann immer er in der Nähe war, bei Michel vorbeizuschauen, auch wenn bei dessen Eltern nichts zu verdienen war. Und bis dann der Winter kam, hatte er sich mit Michel regelrecht angefreundet. Dieser schüttete Hannes meist sein Herz aus und Hannes erkannte daraus die große Armut, in der Michel mit seiner Familie leben musste. Und natürlich kam auch zu Sprache, wie gerne Michel ein richtig großes Odenwälder Schockelgäulsche sein Eigen genannt hätte, obwohl Michel die Sinnlosigkeit dieses Wunsches immer bewusst war.

Als Hannes sich Ende November, es mag wohl genau einen Monat vor Weihnachten gewesen sein, wieder einmal mit Michel über dessen Gäulscheswunsch unterhalten hatte, schlug er auf dem Heimweg wie meist ganz automatisch den Weg Richtung Wirtshaus und nicht den nach Hause ein. So halbwegs zwischen Wirtschaft und Heimat wurde Hannes plötzlich ganz wunderlich ums Herz. Er blieb stehen, hörte in sich hinein und dachte bei sich, wie es denn wäre, wenn er Michel zu Weihnachten ein Odenwälder Schockelgäulsche schenken würde. Er könnte dann auch gleich doppelt Gutes tun, nämlich kein Wirtshaus mehr besuchen und immer nüchtern nach Hause kommen. Das so gesparte Geld sollte eigentlich bis Weihnachten eine Summe ergeben, die zum Kauf eines Schockelgäulsches für Michel reichen müsste. Und danach sollte das Ersparte ganz und gar Gertrud und ihm selbst zu Gute kommen.

Voller Elan und guter Laune ging er ohne Umwege heim zu seiner überraschten Gertrud. Überrascht und erfreut war Gertrud und sie hoffte, dass es sich bei ihrem heute nüchternen Mann nicht um ein einzelnes Ereignis sondern vielleicht um etwas Dauerhaftes handelte. Sie ahnte aber überhaupt nicht, was dahinter steckte und wollte es eigentlich auch gar nicht wissen. Hauptsache, es bliebe so. Hannes hatte nämlich beschlossen, Gertrud zunächst gar nichts zu erzählen und am Heiligen Abend zunächst Michel zu beschenken und dann seiner Gertrud eines der schönsten Weihnachtsfeste seit langem zu bereiten, indem er ihr endlich sagte, was los war.

Als Hannes dann Mitte Dezember bei seinem Gäulschesmacher neue Ware für seine nächste Tour abholte, bat er diesen, bis zur nächsten Woche ein besonders schönes, großes und stabiles Schockelgäulsche herzustellen, und er erklärte ihm, was er damit vorhabe. Auch erfuhr der Handwerker nun, wieso er Hannes schon lange nicht mehr in der Wirtschaft gesehen hatte. Der Gäulschesmacher war über Hannes' Ideen und Verhalten so erstaunt und erfreut, dass er ihm versprach, ihm ein fantastisches Gäulchen zum halben Preis zu überlassen.

Nach Ablauf dieser Woche betrat Hannes die Werkstatt des Gäulschesmachers halb voller Vorfreude und halb voller Angst, dieser könne sich an sein Versprechen von letzter Woche womöglich nicht mehr erinnern. Denn in Hannes war eine Idee gereift, was er mit dem hoffentlich eingesparten halben Kaufpreis machen könnte. Er wollte nach langen Jahren Gertrud wieder einmal ein Weihnachtsgeschenk machen.

Erfreut sah Hannes mitten in der Werkstatt das schönste Schockelgäulsche stehen, das er jemals gesehen hatte, ein wahres Prachtexemplar. Und der Gäulschesmacher wollte wirklich nur den halben Preis dafür haben. So behielt Hannes von seinem Ersparten noch viel, für seine Verhältnisse sogar sehr viel, übrig. Das würde ein Weihnachtsfest werden! Er packte das Gäulsche in seine Kötze, wünschte dem Gäulschesmacher frohe Weihnachten und machte sich ab nach Hause. Vorher machte er allerdings noch einen Umweg in einige Michelstädter Läden und Geschäfte, wo er einige Einkäufe erledigte, die er feinsäuberlich in der Kötze unter dem Schockelgäulsche versteckte.

Gertrud erzählte er, dass er am Morgen des 24. Dezember noch eine wichtige Auslieferung eines extra für diesen Tag bestellten Schockelgäulsches machen müsse, aber sicher bis Mittag wieder daheim sei. Dann könnten sie ja immer noch bereden, welches Weihnachtsessen Gertrud aus ihren bescheidenen Vorräten zubereiten sollte. Über diese letzte Äußerung war Gertrud wieder einmal erstaunt; inzwischen wunderte sie sich allerdings bei ihrem offensichtlich dauerhaft so positiv verwandelten Hannes aber über fast gar nichts mehr.

Am nächsten Morgen zog sich Hannes warm an. Über Nacht war es kalt geworden, es hatte viel geschneit und die für Weihnachten so schöne winterliche Stimmung hatte Einzug gehalten. Hannes machte sich mit seiner Kötze auf den Weg. Obenauf das Schockelgäulsche und in den Tiefen verborgen geheime Schätze. In den letzten Wochen hatte Hannes den kleinen Michel selten gesehen, ihm aber versprochen, ihn spätestens an Heiligabend noch einmal zu besuchen. Michel war dabei, vor der Kate einen Schneemann zu bauen, als er Hannes kommen sah.

Oh, wie beneidete Michel das Kind, für das das Schockelgäulsche, das da so kess und schön aus der Kötze lugte, bestimmt war. Das musste ein reicher Leute Kind sein. Und Hannes spannte den armen Kerl auch noch ordentlich auf die Folter, als er ihm zunächst die Vorzüge dieses wunderbaren Odenwälder Schockelgäulsches pries, des schönsten, das er, Hannes, jemals gesehen habe.

Dann aber holte er das Gäulsche hervor, stellte es in den Schnee und hieß Michel aufsitzen. Dieser sträubte sich und wollte keineswegs fremdes Eigentum benutzen. Hannes selbst wurde es dabei immer wärmer ums Herz und schließlich konnte er sein Geheimnis nicht mehr für sich behalten. Als Michel hörte, dass dies nun sein Odenwälder Schockelgäulsche sei, fiel er Hannes um den Hals, brach in Tränen des Glücks aus und umkreiste das Gäulsche wie ein Indianer seine Beute unter lautem Hurra-Geschrei. Dann saß er auf und war der stolzeste und glücklichste Reiter der Welt.

Inzwischen hatten Michels Eltern mitbekommen, dass sich da vor ihrer Tür etwas besonderes abspielte. Als sie erfahren hatten, was geschehen war, freuten sie sich mit ihrem Kind und dankten auch selbst dem Hannes, der vor lauter Glück inzwischen mit den Tränen kämpfte. Michels Vater verschwand im Haus und kam mit einer Flasche Schnaps und zwei Gläsern wieder heraus, um Hannes eine Stärkung für den Rückweg anzubieten. Hannes war stolz auf sich, dass er nicht nur deshalb abgelehnt hatte, weil er ahnte, welch schlechter Fusel wahrscheinlich in der Flasche war, sondern weil er absolut keine Lust hatte, an diesem wunderschönen Tag Alkohol zu trinken.

So machte er sich dann frohgemut mit dem restlichen Inhalt seiner Kötze auf den Heimweg und war tatsächlich noch um die Mittagszeit wieder bei seiner Gertrud, deren Neugierde inzwischen immer größer geworden war und sich mit einer unbestimmten Vorfreude auf diesen Heiligen Abend verband.

Hannes hatte das aufgrund der Großzügigkeit des Gäulschesmachers übrige Geld gut angelegt. Aus seiner Kötze zauberte er einige Stücke guten Fleisches für das heutige Abendessen und für die Feiertage, dazu Kartoffeln und ein wenig echten Bohnenkaffee. Gertrud kam aus dem Staunen nicht heraus, erfuhr aber, dass sie sich zur Lösung des Rätsels noch bis zur Bescherung gedulden müsse. Ja, Hannes hatte tatsächlich Bescherung gesagt, etwas, was es bei ihnen schon lange nicht mehr gegeben hatte.

Schon ein paar Tage vorher hatte Hannes hinter dem Haus ein kleines Tannenbäumchen versteckt. Dieses stellte er nun in einer Ecke der Stube auf, befestigte ein paar kleine Wachslichter aus den Tiefen seiner Kötze daran und legte tatsächlich noch ein Päckchen unter den Baum.

Gertrud machte sich in Windeseile an die Zubereitung eines köstlichen Mahles, zu dessen krönendem Abschluss sie Kaffee tranken. Dann wurden die Wachslichter am Bäumchen angesteckt und Hannes berichtete von seiner Läuterung vor einem Monat, von dem Sparen des sonst in der Wirtschaft gelassenen Geldes, von Michel, dessen Wünschen und der dank des Gäulschesmachers so gut gelungenen Überraschung mit dem Odenwälder Schockelgäulsche und schließlich darüber, dass es künftig nicht mehr so knapp bei ihnen zugehen sollte, da er dem Wirtshaus endgültig Ade gesagt habe.

Da fiel Gertrud ihrem Hannes zum ersten Mal an diesem Abend um den Hals und drückte ihn, wie sie es schon lange nicht mehr getan hatte. Und Hannes lächelte zufrieden in der Vorahnung weiterer Liebkosungen, wenn er erst das Päckchen unterm Weihnachtsbaum hervorgeholt hätte. Das tat er dann auch gleich und murmelte leicht verlegen etwas von einem Weihnachtsgeschenk für seine liebe Frau. Gertrud ließ sich nicht lange bitten und öffnete geschwind das Päckchen, das einen wunderbaren Stoff enthielt, aus dem sie sich ein neues Kleid nähen konnte. Dann hatte es den Anschein, als wolle Gertrud den Hannes überhaupt nicht mehr loslassen, so drückte und herzte sie ihn.

Und so waren an diesem wunderbar winterlichen Heiligen Abend im tiefen Odenwald sicher viele

Menschen glücklich und zufrieden. Von fünf Menschen wissen wir allerdings, dass sie das schönste Weihnachtsfest seit vielen, vielen Jahren feiern konnten.

Der Puppenwagen

Pfungstadt liegt zwischen Bergstraße und Ried und hat von diesen beiden besonderen Gebieten jeweils viel Gutes mitbekommen. In Pfungstadt blüht vieles viel früher als anderswo in Deutschland. Die Hügel und Berge des schönen Odenwalds hat es vor der Nase und direkt westlich von Pfungstadt beginnt das flache aber oft windige Ried. Zum Rhein sind es nur 10 km Luftlinie.

Pfungstadt bekam vor weit über hundert Jahren anlässlich der Eröffnung des Bahnhofes die Stadtrechte verliehen. Nichtsdestotrotz hat es nie versucht, seine bäuerliche Vergangenheit zu leugnen. Drei Wahrzeichen prägen das Stadtbild besonders. Das ist zum einen das große, grün angestrichene Silogebäude der Malzfabrik aus dem 20. Jahrhundert, das von überall her Pfungstadts Silhouette bestimmt. Die beiden anderen Gebäude sind deutlich älter. Das Historische Rathaus wurde von 1614 bis 1618 im Stil der Renaissance erbaut. Die barocke evangelische Martinskirche stammt aus dem Jahr 1748.

Das Historische Rathaus ist über das Pfungstadt durchfließende Flüsschen Modau gebaut, an dessen Ufern zu Zeiten des Dreißigjährigen Krieges 13 Mühlen betrieben wurden. In ihm befinden sich im ersten Stock der Sitzungssaal der Stadtverordnetenversammlung und im Erdgeschoß eine gut restaurierte Säulenhalle, die ihren Namen den die Decke stützenden hölzernen Säulen verdankt. Noch lange nach dem Ende des 2. Weltkrieges diente sie unter anderem der kommunalen Polizei als Stützpunkt, bevor sie dann sorgfältig restauriert wurde und seitdem für vielfältige kulturelle Veranstaltungen genutzt wird.

Der Pfungstädter Heimat- und Museumsverein und das Pfungstädter Museum richten dort in der Vorweihnachtszeit regelmäßig bei der Bevölkerung sehr beliebte Ausstellungen aus.

Vor etlichen Jahren waren alte Spielsachen das Ausstellungsthema. Dazu wurden sehr viele, zum Teil rare Exponate zusammengetragen, beschrieben und zu sinnvollen Ensembles zusammengestellt. Puppenläden wechselten sich mit Puppenstuben ab, vielfältige Beispiele einfacher Spielzeugeisenbahnen wurden ergänzt durch Puppen aus aller Welt mit dazugehörenden Puppenwagen.

Und ein Puppenwagen wird im weiteren Fortgang dieser Geschichte eine große Rolle spielen. Er war eines der Prachtstücke der Ausstellung, etwa fünfzig Jahre alt, weiß, aus geflochtenem Rohr und einer für seine Zeit typischen Schwanenflügelform. Er stand nicht nur symbolisch, sondern ganz real mitten in der Ausstellung. Und er war der ganze Stolz der Museumsleiterin und der engagierten Macher des Vereins. Nach dieser Weihnachtsausstellung sollte er einen besonderen Platz im städtischen Museum in der Borngasse bekommen.

An zwei Tagen war diese Ausstellung stets stark frequentiert. Es waren die beiden Tage des Pfungstädter Weihnachtsmarktes, der sich zwischen dem Historischen Rathaus und der Evangelischen Martins-Kirche erstreckte. Das Weihnachtsmarkt-Komitee hatte wieder einmal ganze Arbeit geleistet und die Marktbuden zogen Besucher aus Nah und Fern an. Darunter war auch Julia, ein fünfjähriges Mädchen aus dem Stadtteil Hahn, das mit seinen Eltern unterwegs war. Das Wetter war passend für einen Weihnachtsmarkt, Glühwein-Wetter oder auch Kinderpunsch-Wetter, kalt jedenfalls und abgesehen von einigen Schneeschauern trocken.

Julia und ihre Eltern begannen ihren Bummel über den Weihnachtsmarkt an der Evangelischen Kirche mit einer Besichtigung der dort ausgestellten Krippe des Kasseler Bildhauers Herrmann Pohl. Und eine Besichtigungstour sollte der Weihnachtsmarktbesuch nach der Vorstellung von Julias Eltern auch überwiegend bleiben. Denn Julias Vater war seit über einem Jahr ein sogenannter Harz IV-Empfänger mit einem monatlichen Budget, mit dem auch sehr kleine Wünsche nicht immer realisiert werden konnten. Julia hatte somit schon seit geraumer Zeit, wie ihre Eltern und alle Leidensgenossen auch, verzichten gelernt.

Nachdem Julia mit ihren Eltern an allen Marktbuden vorbei geschlendert war und es für alle Beteiligten nur für Glühwein und Kinderpunsch gereicht hatte, wollte Julia keinesfalls auch noch die Weihnachtsausstellung im Rathaus besichtigen. Sie war müde und sie hatte Hunger. Und diesen Hunger würde sie erst wieder daheim gestillt bekommen, das wusste sie inzwischen. Dann gab sie aber doch dem Wunsch ihrer Eltern, besonders dem ihrer lieben Mama, nach, und die ganze Familie ging zur Weihnachtsausstellung im Historischen Rathaus. Ein Entschluss, den Julias Eltern alsbald fast wieder bereuen sollten.

Denn das ausgestellte Spielzeug weckte umgehend nicht nur Julias Begeisterung, sondern auch ihren Wunsch, das oder so etwas Ähnliches als eigenes Spielzeug besitzen zu können. Ein verständlicher Wunsch angesichts der Tatsache, dass ein Harz IV-Empfänger seinen Kindern nur wenig zum Spielen kaufen kann. Sie lavierten sich dann doch einigermaßen geschickt zwischen all den schönen Dingen hindurch, bis sie dann in die Mitte der Ausstellung kamen. Dort stand dieses Prachtstück von Puppenwagen.

Und von diesem Puppenwagen brachte niemand mehr, auch die berühmten zehn Pferde nicht, Julia weg. Sie stand da, den Mund offen, die Augen starr darauf gerichtet und die Arme und Hände in einer Art geformt, die sowohl „alles gehört mir" als auch „das bekomme ich niemals" ausdrücken konnte. Es dauerte nicht lange, bis die Museumsleiterin dieser „Sonderschau" in ihrer Ausstellung gewahr wurde. Warmherzig wie sie war, und durch eigene Enkel an kleine Kinder gewöhnt, ging sie neben Julia in die Hocke und betrachtete erfreut das verzückte Gesicht des Kindes. Einige Zeit verging, bis sie sich den Mut fasste und Julia ansprach. Aus Julias Begeisterung und aufgrund ihrer Lebensumstände, auf die die Museumsleiterin aus dem Gespräch mit Julia schließen konnte, kam sie zu dem für sich selbst zunächst recht ernüchternden Resümee, dass es da jemanden geben könnte, dem mit diesem Puppenwagen mehr gedient sein könnte, als ihr und ihrem Museum.

Etwas verwirrt von sich selbst und ihrer ungewöhnlichen Idee, bat die Museumsleiterin Julias Eltern, doch noch eine Runde durch die Ausstellung zu drehen. Sie hätte da eventuell etwas vor, über das sie noch nicht endgültig entschieden habe. Eigenartigerweise motzte Julia nicht auf, als es mit ihren Eltern noch einmal quer durch die Säu-

lenhalle ging. Ob da eine gewisse kindliche Vorahnung im Spiel war?

Nach einem kurzen Gespräch mit den Leuten des
Vereins stand für die Museumsleiterin ihr Entschluss fest. Für diesen Puppenwagen gab es, his-
torischer Wert hin, merkantiler Wert her, nur einen einzigen Menschen, der damit so richtig
glücklich werden könnte. Und das war Julia. Natürlich lag sie mit dieser Prognose absolut richtig.
Das zeigte sich, als sie Julias Eltern zu sich in die
Nische der direkt nach Außen führenden Tür der
Säulenhalle bat und Julia und ihnen den Puppenwagen zum Geschenk machte. Ihren Wunsch, das
Geschenk so diskret wie möglich nach draußen zu
befördern, kamen Julias Eltern in ihrer Dankbarkeit besonders gewissenhaft nach. Und Julias Ju-
bel „draußen vor der Tür" ging in den allgemeinen Marktgeräuschen unter.

Hier könnte diese Geschichte mit einem schönen
Abschluss schon beendet sein. Aber es wird einen
noch schoneren Abschluss geben.

Auch hier bestätigte sich, dass man sich im Leben
oft zweimal begegnet. So erging es der Museumsleiterin mit dem Puppenwagen. Sobald nämlich
Julia ihrem Puppenwagenspielalter entwachsen
war, gaben ihre Eltern den Puppenwagen dem
Museum zurück. Sie widerstanden der Versu-
chung, ihre Harz IV-Bezüge durch den Verkauf
dieses historischen Stückes aufzubessern. Viel-

mehr erinnerten sie sich sehr dankbar der schönen Stunden, in denen Klein-Julia mit diesem besonderen Spielzeug glücklich war.

Die Mokkatorte

Noch vor nicht allzu langer Zeit hatten Lebensmittel im Bewusstsein der meisten Bundesbürger einen höheren Stellenwert, als dies heute der Fall ist. Was man nicht so leicht bekommen kann, ist zwangsläufig wertvoller. Besonders wertvoll waren und sind Raritäten und Leckereien.

In den fünfziger Jahren, als ich noch ein Kind war, gehörten in meiner Familie Torten, insbesondere die von mir so geliebte Mokkatorte, zu den hoch geschätzten Raritäten. Meist gab es sie nur zu den einschlägigen Festtagen - höchst selten einfach mal so mitten im Jahr. Ein weiterer Punkt der Erinnerung an diese Zeit ist für mich das Besuchswesen. Verwandtenbesuche fanden ohne Vorankündigung statt und ohne Information für den Besuchten, wie lange man denn zu bleiben gedenke. Langzeitaufenthalten standen Kurzvisiten gegenüber. Wir wurden meist von Onkeln und Tanten meines Vaters aus der großen Geschwisterschar meiner Großeltern besucht. Und das bisweilen auch über die Weihnachtsfeiertage.

Wahrscheinlich auch mir zuliebe gab es an fast allen Weihnachtsfesten meine heiß geliebte Mokkatorte. Dies auch dann, wenn über die Weihnachtsfeiertage mit einem Besuch der Verwandtschaft zu rechnen war. Nach den Anstrengungen der Heiligabend-Familienrally versammelte sich der Kern der Familie am Ersten Feiertag an der Kaffee-Tafel, und die halbe Torte wurde verspeist. Der Rest wanderte in die Speisekammer. Am nächsten Tag gegen 10 Uhr kam dann Tante Berta, meist die Dicke Berta gerufen, mit Mann und Sohn im Schlepptau bei uns an, um uns mal wieder die Freude ihres Erscheinens zu machen. Und meine Familie zeigte wirklich Freude - zumindest erschien mir das so. Und zu wem meine Familie freundlich war, zu dem wollte ich auch freundlich sein. Also ließ ich mir alle Streicheleinheiten und Liebkosungen durch die dicke Tante gefallen, wurden sie doch auch mit einer Tafel Schokolade versüßt.

Nach dem gemeinsamen Mittagsmal erging man sich etwas im Garten, ergötzte sich am Tratsch über den nicht anwesenden Rest der Verwandtschaft und wartete auf die Kaffee-Zeit. Als es soweit war, gab es nur trockenen Streuselkuchen zum Kaffee. In Fortsetzung meiner Freundlichkeit der Verwandtschaft gegenüber wies ich meine Mutter so laut, dass es alle hören konnten, auf den Rest der Mokkatorte hin, worauf sie mir erklärte, dass die doch alle sei und ich Dummerchen das nur nicht mitbekommen hätte. Meine darauf folgende Widerrede wurde im Keim erstickt. Ich fand das schlechte Gedächtnis meiner Mutter erschreckend.

Also nutzte ich einen kleinen Ausflug von der Kaffee-Tafel, um der Speisekammer einen Besuch abzustatten. Und da stand ja das Prachtstück, das ich im Nu gepackt hatte und zur noch fröhlichen Kaffee-Runde schleppte, wo ich die unterschiedlichsten, allesamt von mir so nicht erwarteten Reaktionen auslöste. Meine Mutter blickte errötend unter sich, Tante Berta erging sich in Bemerkungen über Gastfreundschaft im Allgemeinen und gewisse Hinterhältigkeiten im Besonderen, wobei sie ihre gierigen Blicke auf die Torte nicht verbergen konnte, und die Blicke meines Vaters mich durchbohren wollten.

Das entstandene Chaos nutzte ich, um mich in mein Zimmer zurückzuziehen und verwundert der Dinge zu harren, die da wahrscheinlich noch kommen würden. Als nichts dergleichen geschah, kam ich wieder aus meinem Versteck hervor und fand sowohl die Tortenplatte als auch das Wohnzimmer leer vor. In der Küche stand meine Mutter, die mich in den Arm nahm und die trostreichen Worte sprach: „Vielleicht haben wir Deiner Ehrlichkeit und Freundlichkeit dann wenigstens zu verdanken, dass wir eine Zeit lang von diesem Teil unserer Sippschaft verschont bleiben."

Treffpunkt Schwedensäule

Heinz schlenderte durch die Straßen und Gassen von Erfelden. Als er vor gut 50 Jahren dort geboren wurde, hieß der Ort tatsächlich noch so. Heute bezeichnet dieser Name einen Stadtteil von Riedstadt. Du lieber Himmel, ging es Heinz durch den Kopf, was haben die da für ein Gebilde konstruiert. Crumstadt, Leeheim, Goddelau, Wolfskehlen und eben Erfelden liegen kilometerweit auseinander und sind jetzt doch irgendwie eine Einheit. Aber Heinz war nur auf Besuch an den Ort seiner Kindheit und Jugend und seines frühen Erwachsenenlebens zurückgekehrt. So berührte es ihn nicht wirklich, dass da zusammengefügt war, was seines Erachtens nicht zusammen gehörte und was, wie er auf Wikipedia gelesen hatte, die flächenmäßig größte Stadt des Landkreises Groß-Gerau ergeben hatte.

Es war eine Woche vor Weihnachten, Heinz hatte zwei Wochen Urlaub und sein Besuch in der alten Heimat war der erste seit mindestens drei Jahren. Er lebte und arbeitete nun schon seit etwa 30 Jahren in Deutschlands Norden und von seiner Verwandtschaft wohnten nur noch ein deutlich jüngerer Bruder, mit dem er sich mehr schlecht als recht verstand, und eine Handvoll Cousins und Cousinen in Erfelden. Nicht zu vergessen die beiden Teenies, seine Nichte und sein Neffe, Kinder seines Bruders, die er deutlich lieber mochte als deren Vater. Noch weniger gut leiden konnte er seine Schwägerin, die er als treibende Kraft bei den Streitigkeiten um das Erbe seiner Eltern ansah.

Kurz nachdem Heinz in den Norden gezogen war, hatte er dort eine lebenslustige einheimische Frau kennen gelernt und sich bald in sie verliebt. Einer schönen Hochzeit folgte recht bald die unschöne Ernüchterung, dass sich das Lustigsein seiner Angetrauten nicht nur auf ihn bezog, sondern dass sie Lust auf viele andere Männer hatte und diese Lust auch auslebte. Mit Mitte 20 war Heinz dann frisch geschieden und im Umgang mit dem anderen Geschlecht misstrauisch und vorsichtig geworden. Damals hatte er immer wieder einmal an Gisela aus Erfelden gedacht, zwei Jahre jünger als er, ein Mädel zum Pferdestehlen und bildhübsch dazu. Sie waren eine Zeit lang zusammen gegangen und hatten sich oft in der weitläufigen Erfelder Gemarkung an, wie sie meinten, geheimen Plätzen getroffen. Aber bevor sie sich endgültig füreinander hätten entscheiden können, musste Gisela zur Ausbildung weit weg, so weit, dass sie nur noch ganz selten in die Heimat kommen konnte. Und da auch Heinz dann bald wegzog, blieb nichts außer Gedanken und Erinnerungen. Heinz hatte aber gehört, dass auch Gisela geheiratet hatte und so beschloss er nach seiner Scheidung, erst gar nicht zu versuchen, sich bei ihr zu melden.

Heinz hatte sich vorgenommen, neben ein paar Verwandtenbesuchen mal wieder die Landschaft um Erfelden herum zu erkunden. Das Wetter war zwar nicht weihnachtlich, da sowohl Schnee als auch Kälte fehlten, aber es war nicht unangenehm, immer ein paar Grad über Null und trocken. Ideal also, um draußen zu sein. Er wollte auf den Spuren wandeln, die bis in die Zeit um sein zwanzigstes Lebensjahr herum seine Welt und sein Leben bedeutet hatten. Er wollte auf den Kühkopf gehen, jener durch eine Rheinbegradigung vor fast 200 Jahren entstandenen Insel, die heute komplett unter Naturschutz steht, und auf dem Weg dorthin von der Brücke, die es seinerzeit noch nicht gab, in den Altrhein spucken. Und ganz sicher würde er Schusterwörth und die Knoblochsaue mit Neujahrsloch und Bruderlöchern sowie der Schwedensäule besuchen. Das Neujahrsloch, eine

Art Teich oder Tümpel, entstand Ende des 19. Jahrhunderts durch einen Dammbruch bei einem verheerenden Hochwasser in der Neujahrsnacht. Die Schwedensäule erinnert an die abenteuerliche Rheinüberquerung der Schweden unter König Gustav Adolf im Dreißigjährigen Krieg im Dezember des Jahres 1631 mit Scheunentoren und ähnlichem Gerät.

An der Schwedensäule hatte Heinz sich oft mit Gisela getroffen. Treffpunkt Schwedensäule, hieß es dann immer leise und heimlich. Der Weg dorthin musste mit dem Fahrrad zurückgelegt werden. Der Fußweg hätte so lange gedauert, dass keine Zeit mehr für ein ordentliches Rendezvous geblieben wäre. Auch jetzt, als er durch das Neubaugebiet von Erfelden ging, das es natürlich zu seiner Zeit auch noch nicht gegeben hatte, dachte Heinz mal wieder an Gisela, die Schwedensäule und so manches mehr. Wie es Gisela jetzt wohl ginge? Vielleicht hätte er vor 25 Jahren nach seiner Scheidung doch Kontakt mit ihr aufnehmen sollen. Aber das wenn ich und hätte ich brachte nichts, das war Heinz klar. Vorbei war halt leider vorbei.

Heinz wandte sich nun wieder Richtung Altrhein zu dem dortigen großen Parkplatz, auf dem sein Auto stand. Er wollte in sein Hotel fahren, um sich frisch zumachen und am Abend zuerst seinen Bruder besuchen. Der nächste Tag sollte dem Rest der Verwandtschaft und der nächste Abend der Erholung von ihr dienen. Und bevor er dann über die Feiertage dem Naturgenuss frönen wollte, sollte es am übernächsten Tag einen Besuch im Goddelauer Büchnerhaus geben. Heinz hatte schon viel von dem Geburtshaus Georg Büchners gehört, das natürlich auch erst nach seinem Wegzug nach Norden zu einem Museum ausgebaut worden war. Er war gespannt auf dieses Fachwerkhaus aus dem 17. Jahrhundert und auf das in den neunziger Jahren des 20. Jahrhunderts vollendete Museum. Auf der Riedstädter Homepage hatte er gelesen, dass es sich dabei um den letzten Originalschauplatz in Deutschland handele, der an das Leben dieses Dichters, Revolutionärs und Naturwissenschaftlers erinnert.

Der Besuch bei seinem Bruder verlief besser als gedacht, das Treffen mit seinen Cousins und Cousinen war sogar recht angenehm und der Aufenthalt im Hotel tat das Übrige zu einem gelungenen Urlaub. Nach einem guten und ausgiebigen Frühstück brach Heinz dann am vierten Tag seines Aufenthaltes im Ried auf zum Büchnerhaus. Auch dazu nahm er sein Auto. Auf dem Weg durch Goddelau fiel ihm der Neubau der Sparkasse auf und er stellte fest, dass in die alte Apotheke eine Eisdiele eingezogen war. Aber die Kirche stand immer noch, wie er meinte unverändert, auf ihrem angestammten Platz.

Er parkte in der nach Crumstadt und zum Philipps-Hospital führenden Straße und ging die weiteren wenigen Meter zu Fuß. Im Büchnerhaus vertiefte er sich in Exponate und Erläuterungen. Nach einiger Zeit ließ er seinen Blick über einige Vitrinen gleiten und blieb dabei mit seinen Augen an einer Frau hängen, die ihm den Rücken zukehrte. Diese Frau war offensichtlich neben ihm die einzige Besucherin des Museums. Als sie sich umdrehte, meinte Heinz, ihn müsse der Schlag treffen. Gisela! Vor ihm stand Gisela. Er hatte sie sofort erkannt. Nicht, dass sie sich nicht verändert hätte, älter geworden wäre. Aber das Älterwerden hatte es gut mit ihr gemeint. Sie sah mit ihren etwa 50 Jahren noch ausgesprochen gut aus, hatte immer noch etwas Schelmisches im Blick und eine gute Figur. Gisela!

Gisela sah zunächst etwas reserviert zu Heinz hin. Was will dieser Typ, was glotzt der mich so an? Aber noch bevor Heinz etwas sagen, sich zu erkennen geben konnte, hatte sie ihn auch erkannt. Beide umkurvten nun raschen Schrittes die zwischen ihnen stehenden Vitrinen bis sie sich ganz nah gegenüberstanden. Sie fassten sich bei den Händen und sahen sich tief in die Augen. Heinz! Gisela! Dann umarmten sie einander und bleiben lange Zeit ohne ein weiteres Wort so ineinander versunken stehen. Ein erst leichtes, dann deutlicheres Räuspern der Museumsaufsicht ließ die beiden wieder in ihre Umgebung zurückkehren.

Das Interesse am Büchnerhaus war den beiden schlagartig abhanden gekommen. Sie gingen hinaus und dann ziellos durch Goddelau, einander an der Hand haltend ohne es zu merken. Zunächst gingen sie schweigend, jeder in seine eigenen Gedanken versunken. Es dauerte lange, bis Heinz anfing zu sprechen. Er begann mit dem sicheren Bereich der Vergangenheit, erzählte dann von sich und seinem Leben in den letzten 30 Jahren. Er verstand es sehr gut, gleich am Anfang darauf hinzuweisen, dass er ungebunden sei und dies seit etwa 25 Jahren. Und dann wollte er von Gisela erfahren, wie es ihr ergangen sei. Auch sie erwähnte als erstes ihre Scheidung. Ihre Ehe hatte um einiges länger gehalten, als die von Heinz. Aber auch sie lebte seit über 10 Jahren wieder alleine und zwar auch in Norddeutschland, nicht sehr weit entfernt von Heinz. Der Job nach der Ausbildung und ihre Ehe hatten sie dorthin geführt. Auch sie hatte sich nach ihrer Scheidung gescheut, nach Heinz zu suchen, obwohl sie oft an ihn gedacht hatte.

Aber nun liefen sie nebeneinander durch Goddelau, hielten sich nicht mehr an den Händen sondern hatten sich umarmt, so wie sie vor 30 Jahren am Altrhein entlang gegangen waren. Gisela hatte auch einige Verwandte in Erfelden besucht. Sie war mit dem Zug angereist und in einer kleinen Privatpension abgestiegen. Sie wollte unmittelbar nach der Besichtigung des Büchnerhauses in den Zug steigen, ihr Gepäck stand schon im Goddelauer Bahnhof, um den Heiligen Abend daheim zu verbringen. Alleine, denn Kinder hatte sie keine und auch keine Verwandten dort droben im Norden.

Es fiel Heinz nicht schwer, Gisela zu überreden, sich auch in seinem Hotel einzuquartieren und den Heiligen Abend und die Feiertage mit ihm in der alten Heimat zu verbringen. Mit Heinz' Auto holten sie Giselas Gepäck vom Bahnhof und fuhren ins Hotel. Heinz hatte noch ein Doppelzimmer als Einzelzimmer bekommen. Für Gisela gab es nur noch ein kleines Einzelzimmer. Das war ihr aber egal. Wichtig war nur noch, dass sie Heinz wieder getroffen hatte und dass er sie offensichtlich noch mochte. Sie hatte sich auf der Stelle wieder in ihn verliebt. Und er sich auch in sie, wie sie hoffte.

Als Heinz Gisela nach einem heimeligen von innigen und liebevollen Gesprächen begleiteten Abendessen vor ihrer Zimmertür mit einem Hauch von einem Kuss verabschiedete und ihr eine gute Nacht wünschte, sagte er: „Morgen Treffpunkt Schwedensäule!" Gisela konnte nur noch ergriffen nicken und sich rasch in ihr Zimmer zurückziehen.

Nach einem guten Frühstück am nächsten Morgen fuhren Gisela und Heinz mit dem Auto soweit es ging Richtung Schwedensäule, um sich dann zu Fuß zur Stätte ihres früheren zärtlichen Wirkens aufzumachen. Die Schwedensäule stand an ihrem Platz, ungerührt und unerschüttert darüber, dass sich da zwei reife Menschen küssten und knutschten wie die Teenager und dass deren Hände auch nicht da blieben, wo sie es nach Sitte und Anstand eigentlich sollten. Nachdem sich die beiden so gegenseitig etwas in Atemnot gebracht hatten, schlenderten sie wieder zurück in Richtung Auto. Dabei begannen sie, sehr ernsthafte Gespräche zu führen. Sie wollten nun nichts mehr dem Zufall überlassen. Am zweiten Feiertag sollte Gisela mit Heinz zusammen die Heimreise Richtung Norden antreten. Glücklicherweise hatten beide noch Urlaub bis nach Neujahr und somit noch viel Zeit füreinander. Zunächst wollten Sie zu Giselas Wohnung fahren, dort etwas bleiben und dann wollte Heinz Gisela zeigen, wie und wo er wohnte. Wie selbstverständlich erörterten sie die Möglichkeit einer gemeinsamen Wohnung so halbwegs zwischen ihren beiden Arbeitsstätten und oft war ihnen so, als würden keine 30 Jahre in ihrer gemeinsamen Biographie fehlen.

Es war schon fast dunkel, als sie im Hotel ankamen. In der Halle war es schön weihnachtlich dekoriert und sie wurden mit den anderen Gästen, die wundersamer weise das Hotel auch am Heiligen Abend füllten, zu einem Weihnachtsdinner bei Kerzenschein eingeladen. Eine Einladung, die sie dankend annahmen, dann aber doch nicht wahrnehmen konnten. Denn diesmal begleitete Heinz Gisela nicht zu ihrem Zimmer, sondern sie gingen beide wie selbstverständlich zu seinem Zimmer. Und es blieb auch nicht bei einem Hauch von einem Kuss. Was sich in Heinz' Zimmer abspielte, während die anderen Hotel-Gäste ein vorzügliches Menü zu sich nahmen, war der beste Beweis dafür, dass Weihnachten das Fest der Liebe ist.

Weihnachten im Krankenhaus

Karla und Wolfgang wohnten in einem Städtchen in Südhessen. Sie waren seit vielen Jahren verheiratet und hatten schon die Silberne Hochzeit gefeiert. Reisen gehörte zu den Dingen, die sie verbanden, dazu wandern und der Skilanglauf. Nachdem sie etliche Jahre den Heiligen Abend und den Jahreswechsel daheim verbracht hatten, nicht nur wegen der Verwandtschaft, zog es sie seit vier Jahren zu dieser Zeit in die Berge um Kreuth am Tegernsee, vielleicht auch wegen der Verwandtschaft. Sie hatten stets die gleichen Interessen und auch dadurch immer das Gefühl, dass nichts sie auseinander bringen könnte, dass sie im Grunde stets glücklich und zufrieden waren.

Nun aber stand Wolfgang mit Tränen in den Augen vor der Kapelle „Maria im Walde" im Kreuther Ortsteil Glashütte und betrachtete die tief verschneiten Gräber vor der Kapelle, auf denen viele rote Lichter brannten. In der Kapelle wurde das Lied „Stille Nacht, heilige Nacht" gesungen. Die Christmette würde also bald zu Ende sein. Und seine liebe Karla war heute nicht bei ihm.

Doch nun zum Anfang der Geschichte.

Kreuth am Ende des Tegernseer Tals in den Bayerischen Alpen war das Ziel, das Karla und Wolfgang nun zum fünften Mal angesteuert hatten. Schon bei der Ankunft am 20. Dezember fühlten sie sich heimisch, weil sie doch schon fast alles dort kannten und zum Teil auch schon Bekanntschaften mit Einheimischen und anderen regelmäßigen Urlaubern geschlossen hatten. Der Feinschmeckerladen, mit heftiger Untertreibung „Kiosk an der Weißach" genannt, ein paar Meter flussabwärts die Konditorei, auf der anderen Seite der Brücke das hölzerne Andenkenlädchen, die urige Wirtschaft „Batz'nhäusel" und als Krönung der „Leonhardstoana Hof". In dieser Wiederauferstehung eines Originalgehöfts aus der Region gab es in der Vorweihnachtszeit stets authentische bayerische Volksmusik, meist verbunden mit Lesungen stimmungsvoller zur Jahreszeit passender Texte.

Zu dieser Zeit war das Tegernseer Tal noch ein Garant für „echte Winter". Schnee im Überfluss, Temperaturen regelmäßig unter null Grad, abgesehen vom ebenso regelmäßigen Tauwetter zwei

Tage vor dem Heiligen Abend. Froh über die gute Winterausrüstung ihres Autos nahmen sie den steilen Anstieg zum Riedler Berg, wo die von ihnen gemietete Ferienwohnung lag, die nun bis zum Dreikönigstag ihre Heimstatt sein sollte.

Theres und Franz samt Hund Sammy begrüßten sie sehr herzlich. Auch der bei der Gemeinde beschäftigte Nachbar nickte kurz herüber. Sie bezogen ihre Ferienwohnung und machten sich an die eigentlich überflüssige Planung der nächsten Tage. Denn wie in allen Jahren zuvor wollten sich Karla und Wolfgang bis zu den Feiertagen erst einmal akklimatisieren und viel Spazieren gehen, am Heiligen Abend bis nach Rottach-Egern und ab dort mit dem Bus über die Wallberg Talstation zurück. Zuvor aber galt es, bei der Gärtnerei an der Bundesstraße, wo sie auch schon bekannt waren, einen Weihnachtsbaum zu kaufen, frisch geschlagen aus dem eigenen Wald der Gärtnersleute.

Die für beide ungewohnten Probleme begannen ausgerechnet am nächsten Abend bei einer der von ihnen so geliebten Veranstaltungen im „Leonhardstoana Hof". Gustl begrüßte wie alle Jahre die Gäste, unter denen sich bemerkenswert viele Einheimische befanden, was durchaus ein Hinweis auf die Qualität und Authentizität des Dargebotenen war. Recht bald trat dann eine Gruppe, zwei Frauen, zwei Männer, mit einem bayerischen Viergesang auf. Und eine der beiden Frauen, Balbina mit Namen, wie er bald durch Nachfrage erfuhr, gefiel Wolfgang auf Anhieb Er verliebte sich knall auf Fall in sie und konnte die Augen nicht mehr von ihr lassen. Das blieb natürlich Karla nicht verborgen, die völlig irritiert war, hatte sie doch so etwas bei ihrem Wolfgang noch nie erlebt. Während der nächsten Auftritte anderer Gruppen beruhigte sich Wolfgang wieder etwas, bis er dann beim Schlussapplaus bei Balbinas Anblick doch wieder ziemlich aus dem Häuschen geriet.

Auf dem Heimweg hingen beide ihren Gedanken nach. Wolfgang versuchte, wieder normal und vernünftig zu werden und rief sich die lange und schöne bisherige Zeit mit Karla vor Augen. Karla beschloss, erst einmal abzuwarten und sich nichts anmerken zu lassen. Daheim in ihrer schönen Ferienwohnung angekommen, gab Wolfgang sein urplötzliches Verknalltsein zu, entschuldigte sich und versprach, dass das nicht mehr vorkommen sollte, weil er doch keinerlei Grund habe, sich nach einer besseren Partnerin als Karla zu sehnen. Und so gingen sie, beide froh über diesen Ausgang des Abends, schlafen.

Am nächsten Tag herrschte das für Kreuth typische 22. Dezember-Wetter. Die Wolken hingen tief, es wehte ein kräftiger Wind und der immer wieder aufkommende Regen ließ den Schnee an diesem Tag eher grau als leuchtend weiß erscheinen. Und Karla und Wolfgang wussten nicht, dass dies Vorzeichen für ihren weiteren Tagesverlauf waren.

Einem gemütlichen Frühstück, bei dem der gestrige Abend kaum noch eine Rolle spielte, folgte die tägliche Lektüre der „Tegernseer Zeitung".

Wolfgang blieb bei der Lektüre urplötzlich an einem Artikel hängen, den er mehrfach las, fast schon auswendig lernte. Dabei versuchte er nach außen so ruhig wie möglich zu wirken. Seine Gedanken allerdings spielten nun in einer Endlosschleife ein Szenarium durch, das ihm sehr gefiel. Karla sollte davon nichts mit bekommen. Also versuchte er, im Verlauf des Tages möglichst unauffällig zu sein, was Karla aber auffiel. Sie tat es als Wolfgangs „schlechtes Gewissen" ab.

Am Abend allerdings schlug die Stimmung plötzlich um. Wolfgang beschwerte sich über dies und das, fand das von Karla vorbereitete Abendessen unausstehlich, und verließ plötzlich die Ferienwohnung, weil er Ruhe und Zeit zum Nachdenken bräuchte. Zurück blieb eine völlig überraschte, verunsicherte und tief traurige Karla.

Wolfgang lief dann leichtfüßig und von einer unbestimmten Vorfreude erfüllt den Riedler Berg hinunter, um sich ein Taxi nach Gmund, am nördlichen Ende des Tegernsees gelegen, zu bestellen. Am Morgen hatte er in der „Tegernseer" gelesen, dass Balbina, das Objekt seiner Begierden, das sie anscheinend immer noch war, in Gmund wieder ein Konzert geben würde. Zum Erwerb von Eintrittskarten war es da wohl schon zu spät. Also wollte Wolfgang nach der Veranstaltung auf sie warten, sie ansprechen und dann mal sehen, was sich so tat.

Zunächst einmal tat sich nichts. Das Konzert hatte vielleicht Überlänge, vielleicht war Wolfgang in seinem Drang einfach auch nur zu früh in Gmund angekommen. Während der Zeit des Wartens dachte Wolfgang natürlich auch immer wieder mal an Karla und daran, was sie jetzt wohl machen würde. Doch dann übernahmen die Hormone wieder das Geschehen. Aber nur so lange, bis Balbina endlich das Gebäude verließ. Sie lachte glücklich und verliebt einen Mann neben sich an, den Wolfgang sogleich als einen der Sänger des Viergesangs erkannte. In dessen Arm ging sie zu einem Auto und fuhr davon. Auch fand Wolfgang sie längst nicht mehr so schön und attraktiv wie am Abend zuvor. Gleichzeitig entschwand sie damit auch aus seiner Fantasie. Schlagartig, als wäre er betrunken gewesen, wurde Wolfgang wieder nüchtern und der Realität zugewandt. Und die Realität, die er wollte und brauchte, hieß Karla.

Für den Rückweg nach Kreuth erwischte er denselben Taxifahrer wie auf dem Weg nach Gmund. Er erzählte ihm ein bisschen von dem, was sich gestern und heute zugetragen hatte. Der Taxifahrer antwortete mit dem einfachen Satz: „Wir Männer sind eigentlich immer auf der Suche."

Und dann kam die Schwierigkeit des Tages, die Rückkehr in die Ferienwohnung, das Wiedersehen mit Karla. Dass Theres und Franz etwas mitbekommen haben könnten, spielte zumindest momentan keine Rolle für ihn.

Die erste Hürde war schnell genommen. Auf sein Klopfen hin öffnete Karla bald die Tür zur Ferienwohnung, sah Wolfgang lange an und machte danach den Weg in die Wohnung frei. Irgendwie hatte sie in seinem Gesicht schon eine deutliche Veränderung entdeckt und in ihrem Innern blitzte eine große Hoffnung auf. Wolfgang nahm Karla einfach in seine Arme und erzählte ihr von Anfang an unverfälscht und ohne falsche Scham, was sich innerhalb der letzten 24 Stunden in ihm und für sie beide abgespielt hatte. Er endete mit der Ernüchterung bei Balbinas Anblick und bei seiner weiterhin tief empfundenen Liebe für Karla. Die letzte Bemerkung des Taxifahrers ließ er weg.

Und so gingen sie, wie schon einen Abend vorher, froh über diesen Ausgang des Abends schlafen.

Es folgte ein Frühstück, das im Gegensatz zum vorherigen doch stark von den Geschehnissen des Vorabends geprägt war. Die Lektüre der „Tegernseer" blieb diesmal ohne Auswirkungen auf seinen Hormonhaushalt und Wolfgang versicherte Karla mehrfach seine Liebe und große Zuneigung. Karla zweifelte nicht daran.

Sie beschlossen, dass es nunmehr keine Änderungen an den gewohnten Abläufen während ihres Aufenthaltes in Kreuth mehr gebe sollte. Also war Mittagessen, wie immer am 23. Dezember, im „Batz'nhäusel" angesagt und das Abendbrot auf der Schwaiger Alm, weit hinten im Tal. Und am 24. Dezember würden sie vormittags wie immer nach Rottach-Egern wandern, immer der Weißach entlang, eine Kleinigkeit essen und dann mit dem Bus zurück nach Kreuth fahren.

Sie ahnten nicht, wie schief sie mit diesen Vorhaben lagen.

Das Wetter hatte sich gebessert, Schnee lag immer noch reichlich, aber um ihn wieder weiß aussehen zu lassen, bedürfte es Neuschnees. Dieser sollte laut Wetterbericht im Laufe des späten Nachmittags fallen. Sie schlenderten den Riedler Berg hinunter, bogen nach rechts ab, vorbei am Holzhäuschen des Souvenir- und Zeitschriftenladens und betraten den Gastraum des „Batz'nhäusels", wo sie wie alte Bekannte begrüßt wurden. Karla bestellte die Kasspatzen, Wolfgang die Leber, was ihm eine unfreundliche Bemerkung aus der Küche einbrachte. Nach dem Essen schlenderten sie noch ein Stückchen Weißach abwärts, bis sie beide eine Art Müdigkeit überfiel, die man einfach auch als Sehnsucht nach dem Bett hätte bezeichnen können.

Nachdem sie sich dann in der Ferienwohnung nach all den unschönen Vorkommnissen gegenseitig ihrer Liebe neu versichert hatten, wanderten sie zu Beginn der Dämmerung Richtung Schwaiger Alm, einem ihrer Lieblingsrestaurants außerhalb des Ortes. Sie liefen vorbei am „Leonhardstoana Hof", wo das ganze Durcheinander seinen Anfang genommen hatte, und an der Forellenzucht mit den köstlichen geräucherten Forellen, von denen sie heute allerdings keine kauften. Es ging immer an der Weißach entlang Richtung

Wildbad Kreuth, wo damals noch das berühmt berüchtigte Dreikönigstreffen der CSU stattfand. Kurz davor bog der Weg links ab zur „Schwaiger Alm", wo der reservierte Tisch auf sie wartete.

Zufrieden schauten sie sich in der gemütlichen Wirtsstube um. Zum kalten Imbiss bestellten sie zwei Tegernseer Halbe aus dem berühmten Brauhaus. Und aus den Fenstern sahen sie, dass der versprochene Schneefall eingesetzt hatte. Sie zahlten und freuten sich riesig auf den Heimweg bei richtig Schnee.

Kaum hatten sie das Haus verlassen und sich übermütig ein paar Schneebälle zugeworfen, passierte es. Unter der Schicht neuen Schnees war als Relikt des Regens vom 22. Dezember eine Eisplatte verborgen, auf der Karla ausrutschte und mit dem linken Arm mit voller Wucht auf den Boden knallte. Ein heftiger Schmerz durchzuckte sie und sie schrie laut auf. Wolfgang war zutiefst erschrocken und half Karla, wieder auf die Beine zu kommen. Sie war kreidebleich geworden und wimmerte nun vor Schmerzen. An der Stellung des linken Arms konnte Wolfgang unschwer erkennen, dass dieser gebrochen war. Sanft half er Karla in die Wirtsstube zurück, wo sich der Wirt und eine seiner Bedienungen gleich um sie kümmerten und auf eine breite Bank betteten. Auch riefen sie sofort die Rettung an. Allerdings machten sie Karla und Wolfgang klar, dass bei diesem Wetter einige Zeit bis zu deren Eintreffen vergehen würde.

Während der Wartezeit hielt Wolfgang Karlas gesunde rechte Hand und versuchte, um sie abzulenken, eine Unterhaltung mit ihr zu führen. Dann kam der Rettungswagen mit zwei gestandenen Rettungssanitätern an Bord, die sich Karlas Arm ansahen und Wolfgangs Diagnose bestätigten. Armbruch, wahrscheinlich kompliziert. Karla wurde auf der Trage befestigt und in den Rettungswagen geschoben. Wolfgang durfte vorne neben dem Fahrer Platz nehmen, während der andere Sanitäter hinten bei Karla blieb. Der Fahrer legte den ersten Gang ein, ließ die Kupplung kommen und gab sanft Gas. Die Räder drehten auf einer Eisplatte durch und der Wagen bewegte sich keinen Zentimeter. Schon wollte der Fahrer über Funk den Allrad-Unimog anfordern, als ihm sein Kollege anbot, zusammen mit Wolfgang einen Anschiebeversuch zu unternehmen, was im zweiten Anlauf dann auch gelang. Eine solche Fahrt, wie die nun vor ihm liegende, hatte Wolfgang noch nie erlebt. Es war dunkel geworden und es schneite weiter wie verrückt. Das Blaulicht verfärbte die weiße Landschaft, der starke Schneefall schränkte die Sicht ein und die Straßen, die Wolfgang eigentlich alle kannte, schienen plötzlich noch kurviger und steiler geworden zu sein. Wolfgang wunderte sich, dass sie durch den Ort Tegernsee weiter fuhren, ohne nach rechts zum Krankenhaus hinauf abzubiegen. Der Sanitäter sagte ihm, dass es nun ein neues Krankenhaus in Agatharied gäbe, wo die bisherigen Krankenhäuser in Tegernsee und Miesbach ganz neu zusammengeführt worden seien. Wolfgang erinnerte sich, bei einer sommerlichen Radtour während eines Kurzurlaubs im vergangenen Jahr, diese Baustelle gesehen zu haben. Nun sollte also seine liebe Karla mit zu den ersten Patienten des Neubaus gehören. Während die Ärzte und Schwestern begannen, sich um Karla zu kümmern, rief Wolfgang sich ein Taxi, um in der Ferienwohnung das Nötigste für Karla einzupacken und dann mit ihrem Auto wieder nach Agatharied zu fahren. Der Taxifahrer war nicht der vom Vorabend, was Wolfgang gefiel, und die Rückfahrt mit dem eigenen Auto verlief problemlos. Die Straßen waren inzwischen geräumt und der Schneefall hatte nachgelassen. Die Schwester am Empfang schickte Wolfgang zu Karlas Zimmer, wo er nur einen Besucherstuhl und ein Nachtkästchen vorfand, auf dem Karlas Brille und Zahnersatz lagen. Ein für ihn sehr befremdliches Stillleben.

Dann erhielt Wolfgang die gute Nachricht, dass der Bruch doch nicht kompliziert gewesen sei und Karla mit einem Gipsarm versehen die Klinik wahrscheinlich am 1. Feiertag würde verlassen können.

Da nicht nur Karla Ruhe brauchte, war Wolfgang froh, in die nun sehr einsame Ferienwohnung zurück fahren zu können. Am nächsten Tag, dem Heiligen Abend, solle er aber bitte erst nach der Mittagszeit erscheinen. Als er dann ankam, fand er Karla schon wieder recht munter vor und sie versicherte ihm, dass sie ihm wegen seines „Ausflugs" nach Gmund nichts nachtragen würde. Am frühen Abend fand dann in der Krankenhauskapelle ein Gottesdienst statt, der sie beide stark berührte. Wolfgang blieb danach so lange wie möglich bei Karla und fuhr erst wieder nach Kreuth zurück, als er ziemlich direkt vom Personal darum gebeten wurde. Diese Fahrt trat er in der freudigen Gewissheit an, seine Karla schon morgen wieder in das derzeitige Zuhause nach Kreuth mitnehmen zu dürfen.

Diese Fahrt führte ihn durch Kreuth hindurch nach Glashütte zur Kapelle „Maria im Walde", wo er, während in der Kirche die stille und heilige

Nacht besungen wurde, aus Freude und Erleichterung hemmungslos weinte. Eine solche Achterbahnfahrt der Gefühle wollte er Karla und sich bestimmt nicht noch einmal zumuten.

Dann öffneten sich die Türen der Kapelle und unter den vielen Menschen, die in den Schnee hinaus traten, entdeckte er bald Theres und Franz, die Vermieter der Ferienwohnung, wegen denen er nach Glashütten gekommen war. Man wünschte sich gegenseitig frohe Weihnachten und Wolfgang erzählte von Karla. Die Einladung der beiden, noch auf ein Glas Wein mit zu ihnen zu kommen, lehnte er dankend ab.

Er wollte diesen besonderen Heiligen Abend alleine mit seinen nun wieder so positiven Gedanken und mit der Vorfreude auf das morgige Wiedersehen verbringen.

Radfahren mit Nebenwirkungen

Voller Stolz sah Susanne den steilen Weg am Hang des Kleinen Feldbergs im Taunus nach oben. Am gut 800 m hohen Kleinen Feldberg mit dem Taunusobservatorium der Frankfurter Universität zur Wetterbeobachtung, nahe am bekannteren und rund 60 m höheren Großen Feldberg gelegen, gibt es etliche, legale und illegale, Mountainbikeabfahrten. Eine der legalen war Susanne soeben fast schon übermütig mit hohem Tempo mit ihrem neuen Mountainbike heruntergesaust. Ihr Sohn Thorsten erwartete sie mit einem dreckigen Grinsen im Gesicht. „Für Dein Alter war das echt klasse", bemerkte er, wohl wissend, dass die Bemerkung über das Alter nicht immer gut bei seiner Mama ankam. Die wusste aber den Satz richtig einzuschätzen und strahlte ihren Sohn an. Thorsten war 16, sie Mitte dreißig, alleinerziehend und blendend aussehend. Sie und ihr Sohn waren im Grunde richtige Kumpels, nachdem sie beide mit viel Geduld und Toleranz die Klippen seiner Pubertät umschifft hatten.

Sie wohnten in einem gemütlichen, aber etwas abseits gelegenen Dorf „in der Höhe", wie der Taunus früher genannt wurde, wo die Mieten noch günstig waren und sich die Nachbarn kannten - mit allen damit verbundenen Vor- und Nachteilen. Susannes Einkommen reichte zusammen mit sporadischen Geldüberweisungen von Thorstens Erzeuger zu einem zwar nicht luxuriösen, aber sorgenfreien Leben. Und für Extras fühlten sich Susannes Eltern gerne zuständig.

Nach einem kurzen Verschnaufen rollten sie gemütlich zum Fuchstanz, einem idyllisch mitten im Wald gelegenen Pass von gut 650 m Höhe, an dem vier Wege zusammentreffen und der zwei beliebte und gemütliche Ausflugslokale beherbergt, von denen zumindest eins immer offen hat. Liegt auch der Namensursprung im Dunkeln, kann doch sicher davon ausgegangen werden, dass schon die Römer den Pass ab der Zeit der Errichtung des Limes als Transportweg nutzten. Der Fuchstanz ist, abgesehen von den dort Arbeitenden, nur zu Fuß, per Rad oder Pferd zu erreichen, in Wintern mit Schnee natürlich auch mit dem Schlitten oder mit Langlaufschiern. Jetzt war es kurz nach Weihnachten und die Natur war grün wie im Frühling.

Thorsten kam mit zwei alkoholfreien Weizenbieren auf die Terrasse zur dort schon in der Sonne sitzenden Mama. „Es ist fast unglaublich", begann Thorsten seine Mutter zu loben, „in welch kurzer Zeit Du Dich zu einer wirklich guten Abfahrerin entwickelt hast. Prost!" Dann tranken sie genüsslich den ersten Schluck.

Susanne dachte zurück an das Weihnachtsfest vor einem Jahr. Oma und Opa hatten Thorsten damals ein nicht nur schickes, sondern auch technisch gut ausgestattetes Mountainbike unter den Weihnachtsbaum gelegt. Dass sie mit solch einem Geschenk ihrer Tochter selbst keinen Gefallen tun würden, wussten sie. Susanne stand auf Aerobic und Zumba. Dafür kam das neue Bike bei Thorsten bestens an. Hatte er doch im letzten Jahr versucht, mit seinem Alltagsfahrrad einige der leichteren Abfahrten im Taunus zu meistern. Oft gelang ihm das. Aber sein viel größeres Problem waren die Anstiege, über die die Startpunkte der Abfahrten zu erreichen waren. Dies war harte Arbeit mit dem Alltagsrad, die sich aber im Laufe der Zeit als gutes Training mit ständiger Leistungssteigerung erwies.

Der milde Winter ließ es zu, dass er sein neues Gefährt bald in der Praxis testen konnte. Oma und Opa berichtete er in überschwänglicher Freude von den Qualitäten seines neuen Bikes und von seinen eigenen Fortschritten. Natürlich erzählte er auch stets seiner Mama von seinen Touren, der Freude, die er dabei empfand, und von dem Gedanken, ob seine Mama es nicht auch einmal versuchen wolle. Sie sei doch so sportlich und bei ihrer fast identischen Körpergröße, würde das Bike auch sehr gut zu ihr passen.

Diese Gedanken stießen allerdings bei Susanne auf taube Ohren. Und so verging das Jahr aus sportlicher Sicht mit Aerobic und Zumba einerseits und Mountainbiking andererseits.

Eines schönen Tages im Spätherbst fragte Susanne plötzlich Thorsten, ob sie sein Bike vielleicht einmal „nur so" auf einem normalen Waldweg testen dürfe. Also machten sich Mama und Sohn, sie gleich auf seinem Bike, er auf seinem treuen alten Alltagsrad, auf in Richtung Altkönig, um den herum es einige ruhige, gut befestigte und nicht zu steile Wege gibt. Im Vergleich zum Fuchstanz hat der Altkönig eine deutlich längere Siedlungsgeschichte. Schon um 400 v. Chr. besiedelten ihn die Kelten, deren Ringwälle rund um das Gipfelplateau noch heute zu erkennen sind.

Die moderaten Anstiege bereiteten der gut trainierten Susanne keinerlei Probleme und die Abfahrten machten ihr viel Freude. Beim gemeinsamen Abendessen drängte Thorsten auf eine Wiederholung der gemeinsamen Ausfahrt. Seine Mama habe doch Talent gezeigt. Die Mama aber wehrte verbal ab und bezeichnete sich als Aerobic- und Zumbaverrückte. Und da bliebe neben Job und Haushalt keine Zeit für ein weiteres Hobby. Außerdem würde ein weiteres Bike für sie selbst das Budget sprengen.

So ging das Jahr allmählich in seine Endphase über und Thorsten hatte plötzlich viel mehr als üblich mit seinen Großeltern zu erledigen. Und plötzlich wie immer war es wieder Weihnachten.

Oma, Opa, Mama und Sohn bzw. Enkel saßen zusammen bei Würstchen und Kartoffelsalat, sangen ein paar Weihnachtslieder und gingen dann aus der Küche ins Wohnzimmer, das diesmal nicht für den Sohn sondern für die Mama bis zur Bescherung tabu war.

Thorsten hatte seinen Großeltern von Mamas Talent auf dem Bike erzählt und dass er sicher sei, dass überwiegend finanzielle Gründen sie davon abhielten, sich mit diesem Outdoorhobby, das sie noch dazu ab und an auch mit ihrem Sohn zusammen ausüben könnte, zu beschäftigen. Oma und Opa hatten umgehend verstanden, und so lag nun, mit einem hübschen rosa Schleifchen versehen, ein Mountainbike unter dem Weihnachtsbaum, das hinsichtlich seiner technischen Ausstattung Thorstens Rad in nichts nachstand, vom Design her aber etwas weiblicher geraten war.

Susanne geriet bei diesem Anblick schier aus dem Häuschen und ein paar Tränen flossen auch. Sie gab zu, dass ihr gespieltes Desinteresse nach dem ersten Fahrversuch allein finanzielle Gründe hatte. Sie hatte damals gleich „Blut geleckt" und sich die Erweiterung ihres sportlichen Horizonts mit einem Bike sehr gut vorstellen können. Gleich versicherte sie Thorsten, er brauche nicht zu befürchten, dass sie ihn nun ständig bei Ausfahrten begleiten wolle. Er aber versicherte nun ihr, dass er sie bestimmt gerne immer wieder mal dabei haben möchte, und das nicht nur dann, wenn seine Kumpels keine Zeit hätten. Und die erste Ausfahrt mit Mamas neuem Bike sollten sie auf alle Fälle gemeinsam machen.

Nun saßen sie, schon fast auf dem Heimweg von dieser ersten Ausfahrt, gemütlich am Fuchstanz und freuten sich des Lebens. Und am Nachbartisch saß ein flotter, sehr sympathisch aussehender Enddreißiger, ebenfalls in Bikerklamotten, der wohl einen Teil des Gesprächs zwischen Mama und Sohn mitbekommen hatte. Er strahlte Susanne an und zwinkerte ihr zu, was sie tatsächlich leicht erröten ließ.

„Sollten beim Biken unerwartete Nebenwirkungen auftreten, wenden sie sich bitte an Ihr Herz oder Ihren Sohn" war Thorstens Kommentar.

Der lebhafte Weihnachtsbaumschmuck

Heidi und Karl lebten In Pfungstadt schon seit vielen Jahren in ihrem Häuschen am Stadtrand, ruhig aber nicht einsam. Auf der einen Seite des Grundstücks war die freie Natur mit Feldern und dem nahen Wald, auf der anderen Seite eine wenig befahrene Straße „nur für Anlieger". Links und rechts und gegenüber lebten die Nachbarn, die meisten von Ihnen auch schon so lange in dieser Straße wie Heidi und Karl. Man hatte zu etwa derselben Zeit gebaut. Mit den meisten waren sie per Du, mit einigen gut befreundet.

Obwohl Heidi und Karl schon immer sehr der Natur verbunden waren, war ihr Grundstück anfangs wenig geeignet, Vögeln und Insekten Nahrung zu bieten. Rasen, Forsythien und Nadelbäume sind nun mal keine Bienenweiden.

Schritt für Schritt gestalteten sie im Lauf der Jahre ihren Garten um, immer mehr in Richtung naturnah. Der erste größere Schritt war die Anlage eines recht großen Teiches, der zunächst als Badeteich konzipiert war, aber bald von den beiden der Natur überlassen wurde. Pflanzen brachten sie in den Teich ein. Den Tieren überließen sie es selbst, ob sie sich im und am Teich ansiedeln wollten. Fische gab es keine, dafür Frösche, Libellen, Wasserläufer und Rückenschwimmer. Eine kurze Zeit hielt sich sogar eine Ringelnatter im Teich auf.

Jetzt begannen auch die Vögel, sich immer mehr für den Garten von Heidi und Karl zu interessieren. Sie genossen im Sommer das Bad im frischen Teich und fanden es richtig nett von den beiden, dass nun immer genügend Trinkwasser zur Verfügung stand.

Hätten Heidi und Karl die Sprache der Vögel verstanden, wären sie wahrscheinlich schon damals mächtig stolz auf sich gewesen. Aber auch so freuten sich die beiden darüber, dass immer mehr Meisen, Spatzen, Amseln, Rotkehlchen, Rotschwänzchen und sogar ein kleiner Zaunkönig in ihrem Garten lebten. Zu Besuch kamen immer wieder Türken- und Ringeltauben sowie ab und zu Elstern.

Mit der Umgestaltung des Rasens vor dem Haus zu einer richtigen Wiese wurde der Garten endgültig zu einem kleinen Paradies für Vögel und Insekten.

Die Vögel unterhielten sich begeistert über diese paradiesischen Umstände und lobten ihre Menschen sehr dafür. Das bekamen Heidi und Karl allerdings nicht mit.

Durch das naturnahe Umfeld des Grundstücks, durch die stets gleichbleibenden Winterfütterungen für die gefiederten Lieblinge von Heidi und Karl sowie durch die immer milder werdenden Winter blieben immer mehr Vögel auch in der so genannten kalten Jahreszeit ihrem Lieblingsgrundstück und ihren Lieblingsmenschen treu.

Irgendwann bemerkten die Vorwitzigsten unter den Vögeln, die Meisen und die Spatzen befanden sich da in einem fairen Wettkampf, an dem sich Rotkehlchen und Zaunkönig unter keinen Umständen beteiligen wollten, dass immer mitten im Winter in Heidi und Karls Zimmer, das vom Teich her am besten einsehbar war, urplötzlich ein Nadelbaum stand, an dem sich bald elektrische Kerzen und allerlei bunter Schmuck befanden. Und dass an dem Abend, an dem die Kerzen zum ersten Mal leuchteten, Heidi und Karl immer besonders feierlich wirkten, und Karl besonders lange Klavier spielte. Und dann waren Baum und Kerzen und Schmuck eines Tages plötzlich wieder verschwunden, bis sich das Ganze im nächsten Winter wiederholte.

Im darauf folgenden Jahr hatten Heidi und Karl die Idee, doch auch den einzigen in ihrem Garten noch verbliebenen Nadelbaum, eine nicht sehr große, aber schön gewachsene Seidenkiefer in der Nähe des Teiches, von der sie sich nicht hatten trennen können, zur Weihnachtszeit mit elektrischen Kerzen zu schmücken. Dabei wurden sie von der interessierten Vogelschar aus sicherer Entfernung neugierig beobachtet. Kaum hatten sich die beiden Menschen wieder in ihr Haus zurückgezogen, trafen sich die Vögel in einer stillen Ecke des Gartens, um sich zu beraten. Es bestand Übereinstimmung, dass aufgrund der Jahreszeit und des Kerzenschmucks ein Zusammenhang mit dem geschmückten Baum im Haus bestehen müsse. Man beschloss, abzuwarten, welchen Schmuck Heidi und Karl dem Baum im Reich der Piepmatze, so sahen diese es jedenfalls, geben würden.

Aber die Tage gingen dahin, der feierliche Tag der ersten Beleuchtung des Baums im Haus musste wahrscheinlich bald kommen, und immer noch hatte der Baum im Garten keinen Schmuck. Da verbreiteten die menschenfreundlichsten unter den Vögeln die Theorie, dass das ihren Lieblingsmenschen zu teuer gewesen wäre. Und da sollte man doch helfend einspringen und den lieben Menschen etwas von ihrer Zuneigung zurückgeben. Es wurde vieles angeregt, wieder verworfen und dann doch wieder neu diskutiert, es ging also fast schon menschlich zu. Die pragmatischsten unter den Vögeln regten an, zunächst einmal Fakten zu sammeln. Fest stand, dass die Seidenkiefer vom Haus aus gut zu sehen war. Ebenso fest stand, dass kein Vogel dieser Welt es schaffen würde, eine dem Schmuck im Zimmer vergleichbare Ausstattung für die Seidenkiefer zu besorgen. Als weiterer Fakt kam also hinzu, dass man sich auf seine eigenen Ressourcen würde verlassen müssen.

Und dann hatte ausgerechnet der Kleinste unter ihnen, der Zaunkönig, die zündende Idee. Sie selbst, die Vogelschar, würden den Baum schmücken, mit ihrem glänzenden Gefieder, den wohlgeformten Schnäbeln und den wunderschönen Äuglein.

So wollten sie an dem „feierlichen Abend", sobald Heidi und Karl mit ihren eigenen Vorbereitungen begannen, sich auf alle Zweige und Zweiglein der Seidenkiefer setzen und mit lautem, für die Jahreszeit ungewöhnlichem Gezwitscher auf sich aufmerksam machen. Sie waren sich sicher, Heidi und Karl damit eine große Freude zu bereiten.

So kam es dann auch. Gerade als Heidi und Karl mit ihrer Bescherung beginnen wollten, setzte draußen ein Vogelgezwitscher wie im schönsten Frühling ein. Beide gingen zum Fenster, und sie staunten nicht schlecht, als sie eine so große Anzahl Vögel in ihrer schön beleuchteten Seidenkiefer sahen. Irgendwie ahnten beide sofort, was es damit auf sich hatte, und eine große Freude und Dankbarkeit erfüllte sie. Sie würden nie damit aufhören, sich intensiv um ihre gefiederten Freunde zu kümmern, das war sicher.

Und da jeder Vogel der großen Schar, teils als normales Verhalten, teils aufgrund der Nervosität wegen der ungewohnten Situation, nicht lange auf einem Platz im Baum sitzen bleiben konnte, betrachteten Heidi und Karl den lebhaftesten Weihnachtsbaumschmuck, den die Welt je gesehen hatte.

Der Weihnachtshund

Es ist Heiliger Abend, auch für Kerstin und Frieder, beide Pensionäre aus Pfungstadt, einer Stadt in Südhessen, am Rande der Bergstraße, mit etwa 25.000 Einwohnern inklusive der Stadtteile. Pfungstadt hatte anfangs des 20. Jahrhunderts eines der ersten Hallenbäder der Region, eine eigene Wasser- und Stromversorgung und sogar schon eine Art Fernwärmesystem. Vom Elektrizitätswerk führte damals ein unterirdischer Kanal zum Hallenbad, vorbei an der Kirchmühle und der evangelischen Martinskirche mit der Hartmann Bernhard Orgel aus dem Jahr 1825. Das Haus von Kerstin und Frieder liegt am westlichen Rand der Stadt mit Blick auf die Stadtteile Hahn, Eich und Eschollbrücken zwischen einem Feld und einer ruhigen Anliegerstraße, also in einem idealen Revier zum Gassigehen mit Hunden.

So kennen Kerstin und Frieder inzwischen fast alle Hunde aus der näheren und weiteren Nachbarschaft, zwar längst nicht alle mit Namen, aber eben vom Sehen her. Und immer öfter haben sie auch die Frauchen und Herrchen dieser Hunde kennen gelernt.

Frieder hatte schon immer gut erzogene Hunde in sein Herz geschlossen, Kerstin allerdings anfangs Probleme mit allzu zutraulichen Hunden, insbesondere mit deren Schnupperzonen. Das hat sich bei Kerstin inzwischen gegeben, allerdings sehr langsam. Frieder dagegen hatte immer das Gefühl, im Grunde viel zu wenig Angst vor Hunden zu haben. Trotzdem war für beide schon immer klar, dass sie sich nie einen Hund zulegen würden. Zu sehr angebunden und in ihren Reiseplänen gehindert würden sie sich fühlen; so ihre Befürchtung.

Aus ökologischen Gründen und weil sie sich sehr gerne bewegen, machen Kerstin und Frieder ihre Besorgungen in Pfungstadts Innenstadt grundsätzlich zu Fuß oder mit dem Fahrrad. So kamen sie auf ihrem Weg ins

Städtchen immer an einem Grundstück vorbei, auf dem ein Bild von einem Hund, eine wunderschöne Irish Setter Dame namens Rosi, ein trauriges Dasein fristete. Dieses nette und freundliche, nie aggressive Tier saß offenbar tagaus, tagein am Gartenzaun und schaute allen Menschen hinterher. Noch trauriger schien sein Blick zu werden, wenn der Mensch auch noch von einem Hund begleitet wurde. Frauchen und Herrchen von Rosi waren ein stark beschäftigtes Architektenpaar und hatten vor einigen Jahren Rosi ihren damals schon recht großen Kindern zu Weihnachten geschenkt. Und als die Kinder dann aus dem Haus waren, war im Grunde überhaupt keine Zeit mehr für Rosi.

Kerstin und Frieder sprachen oft über dieses einsame Tier und wie man ihm eventuell helfen könnte. Als erstes suchten sie am Ende eines Sommers ein Gespräch mit den Besitzern.

Auf Rosi angesprochen, verhielten sich die Nachbarn von Kerstin und Frieder, wie eigentlich anfangs nicht anders zu erwarten. Sie waren reserviert, versuchten ihre Probleme mit dem Tier zu verharmlosen, fragten aber „durch die Blume" auch nach Hilfe. „Wie würden Sie denn mit Rosi umgehen? Was, glauben Sie, könnte ihr gut tun?" Urplötzlich sahen sich Kerstin und Frieder in die Rolle der Hundeversteher gedrängt, die sie nie angestrebt hatten.

Im Herbst dann boten Kerstin und Frieder nach reiflicher Überlegung eine Spaziergehpatenschaft für Rosi an. Eine ihrer Bedingungen war allerdings, dass sich die Besitzer des Hundes während der meistens durch Reisen bedingten Abwesenheiten von Kerstin und Frieder verstärkt selbst um Rosis Wohl kümmern sollten. Insbesondere Kerstin ließ keinen Zweifel daran aufkommen, dass sie sich falls nötig bei einigen anderen Nachbarn danach erkundigen würden, wie sich die beiden Architekten, Jill und Joe mit Namen, in dieser Zeit um Rosi gekümmert hatten. Jill und Joe waren dankbar für diese Initiative und so kamen die vier Menschen schnell zum Du.

Joe überwand bald seine Skrupel und fragte Kerstin und Frieder nach kurzer Zeit direkt, ob er ihnen Rosi nicht schenken dürfe. Sie kämmen doch alle drei so gut miteinander zurecht. Aus den bekannten Gründen ließen sich Kerstin und Frieder nicht darauf ein. Aber Joe hatte mit dieser Frage ein kleines Samenkörnchen in die Gefühlswelt seiner Nachbarn gestreut, das langsam zu keimen begann. Allerdings brauchten Kerstin und Frieder längere Zeit zum Nachdenken über einen Modus, der ihnen und Rosi die nötige Sicherheit geben sollte. Die beiden Reiselustigen hatten nämlich nicht vor, Rosi zuliebe auf dieses Hobby zu verzichten oder nur noch hundekompatible Reiseziele anzusteuern. Also schlossen sie mit Jill und Joe eine Vereinbarung, dass Kerstin und Frieder die neuen Besitzer von Rosi werden sollten und sich Jill und Joe im Gegenzug verpflichteten, bei Abwesenheit der neuen Besitzer Rosi wieder bei sich unterzubringen und gut nach ihr zu schauen.

Als Beginn dieser Vereinbarung wurde der Heilige Abend festgelegt. Und so sind Kerstin und Frieder seit heute stolze Besitzer eines ebenso stolzen Hundes, der sich in ihrem Haus, seinem neuen Heim, ja schon sehr gut auskennt, da sie oft nach dem gemeinsamen Gassigehen dort noch einige Zeit zusammen verbracht haben.

Kerstin und Frieder steht die Freude über ihren neuen ständigen Mitbewohner ins Gesicht geschrieben. Und auch Rosi scheint zu spüren, dass aus einer Übergangssituation etwas Dauerhaftes geworden war. Sie macht es sich jedenfalls auf ihrer Decke bequem und schaut schläfrig zum festlichen Weihnachtsbaum hinüber, unter dem keinerlei Geschenke liegen. Für Kerstin und Frieder war nämlich schon lange klar, dass sie an diesem Heiligen Abend kein anderes Geschenk als „ihre" Rosi haben wollten.

Der gerettete Wellensittich

In meinen Kindertagen lebten in unserem Haushalt neben meinen Eltern noch die Eltern meines Vaters. Es gab in unserem Haus in Pfungstadt zwar zwei getrennte Wohnungen, dennoch fand das alltägliche Leben oft zusammen statt. Es war dies eine Konstellation, die immer wieder einmal weder meiner Mutter noch mir gut tat. Das hing auch damit zusammen, dass mein Vater damals sehr auf seine Eltern fixiert war und es vor allem ihnen recht machen wollte. Diese Zusammenhänge habe ich jedoch erst viel später erkannt.

Meine Probleme gab es überwiegend im Sommer, wenn ich meinem Großvater regelmäßig zu nahe an die Pflanzen seines Gartens kam. Selbstverständlich war ich an jedem abgeknickten Stängel und an jeder herabgefallenen Blüte schuld. Im Winter war das Zusammenleben in unserem Haus für mich wesentlich entspannter. Im Garten war ja so gut nichts, was ich hätte kaputt machen können.

Die Zeit zum draußen Spielen war jahreszeitlich bedingt kürzer geworden und so frönte ich im Winter mehr meinem Lese-Hobby, und ich hatte viel mehr Zeit für Hansi, meinen Wellensittich. Ich hatte ihn zu Weihnachten des Vorjahres geschenkt bekommen und wir zwei waren so nun schon ein Jahr zusammen. Denn es stand wieder Weihnachten vor der Tür.

Im Winter waren die Fenster der Wohnung meist geschlossen. Da konnte ich meinen Vogel frei in der Wohnung fliegen lassen, was dieser offensichtlich genoss. Immer wieder landete er dabei auf meiner Schulter und gab „Küsschen". Bei uns hatte sich sogar die, wie meine Großmutter meinte, unhygienische Unart breit gemacht, dass der Vogel, wenn wir aßen, am Tellerrand landen und sich ein Schnäbelchen unseres Essens einverleiben durfte. Dies allerdings nur, wenn nicht mit dem Erscheinen meiner Großmutter zu rechnen war.

Eines Tages gab es Eier in Senfsoße, in einer Schüssel serviert und eines von Hansis Lieblingsessen. Und da wir meine Großmutter in ihrer eigenen Küche beschäftigt wähnten, durfte Hansi heraus aus seinem Käfig. Er drehte ein paar Ehrenrunden durch unsere Wohnküche. Und gerade in dem Moment, als er zur Landung auf dem Schüsselrand ansetzen wollte, betrat Großmutter, wie immer ohne anzuklopfen, die Küche und stieß sofort einen lauten Ruf des Missfallens aus, als sie Hansi erblickte. Dieser erschrak dadurch so sehr, dass er, statt auf dem Rand der Schüssel, mitten in der heißen Senfsoße landete und ganz langsam in dieser versank. Großmutter grinste zufrieden und mein Vater hatte sich anscheinend entschieden, nichts zu tun. Ich war vor Schreck wie erstarrt. Mein armer Hansi! Meine Mutter bewies glücklicherweise ein gutes Reaktionsvermögen und fischte Hansi mit ihren Händen aus der Soße, wobei sie sich sicher auch die Finge verbrannte. Als sie mit Hansi in der Hand zum Spülstein eilte, war auch ich wieder bewegungsfähig geworden und stürzte hinter meiner Mutter her. Sofort drehte ich das damals sowieso nur kalt aus der Leitung kommende Wasser auf und meine Mutter hielt Hansi direkt unter den kalten Strahl. Sie drehte den Vogel hin und her bis alle Soße von ihm abgespült war. Danach trocknete sie Hansi, der sich ganz still und ruhig verhielt, ab und setzt ihn auf die Stange in seinem Käfig. Das Käfigtürchen verschloss sie vorsichtshalber.

Nun wollte meine Großmutter offensichtlich zu einer längeren Belehrung über unsere Unsitte mit dem Vogel ansetzen. Doch zum Erstaunen von meiner Mutter und mir fiel ihr mein Vater ins

Wort und machte ihr klar, dass sie so etwas ja nicht machen müsste, es aber doch bitte schön hinnehmen sollte, wenn sein Sohn, ihr Enkel, eine so große Freude dabei hätte. Und schließlich hätten die Großeltern selbst mir doch vor einem Jahr Hansi zu Weihnachten geschenkt. Darauf verließ sie finsteren Gesichts und ohne ein weiteres Wort unsere Küche. Ich strahlte meinen Vater an und meine Mutter umarmte ihn zärtlich. Diese Reaktion meines Vaters war für meine Mutter und mich wie ein zusätzliches Weihnachtsgeschenk. Für meinen Vater war es wohl der Anfang einer Hinwendung mehr zu meiner Mutter und mir.

Hansi saß, offensichtlich auch vom Schrecken erholt, auf seiner Stange und beobachtete uns aufmerksam.

Danke

sage ich zuerst meiner Frau Karin für Ihre Unterstützung bei diesem Buchprojekt als Ideengeberin, Lektorin und Antreiberin. Ohne sie und ihre wirklich guten Ratschläge, die ich zu meinem eigenen Erstaunen grundsätzlich widerspruchslos akzeptiert habe, wäre es nicht zu diesem Buch gekommen.

Als nächstes bedanke ich mich bei Raffaella Buhofer, unserer Schweizer Freundin mit den vielen Talenten, für die eindrucksvollen Zeichnungen, mit denen dieses Buch zu einer „runden Sache" wurde.

Und schließlich geht mein Dank auch an Heidi Ruthe und Doris Ahlbrecht. Die beiden Inhaberinnen der Pfungstädter Melibokus Buchhandlung hatten überhaupt erst die Idee zu diesem Buch. Nach einer gelungenen weihnachtlichen Lesung im Dezember 2019 mit nur zwei von mir stammenden Texten regten sie eine weitere Lesung im Jahr 2020 an, dann aber aus einem komplett von mir geschriebenen Weihnachtsbuch.

Fred Nitsche

wurde 1947 in Pfungstadt geboren und lebt seitdem mit einer nur kurzen Unterbrechung in dieser südhessischen Stadt. Sein Berufsleben beendete er als Verwaltungsleiter einer großen Bibliothek, die damals im Darmstädter Schloss angesiedelt war.

Ende der 1990er Jahre erschienen erste unterhaltsame Kurzgeschichten von ihm in der Tagespresse. Es folgten in Anthologien erschienene Erzählungen und 2010 kam der von ihm für den Darmstädter Weststadt Verlag und die Stadt Pfungstadt geschriebene Stadtführer „Kennen Sie Pfungstadt?" heraus. In dieser Zeit verfasste Fred Nitsche zusammen mit Hajo Heist das Historische Theaterstück „Die Gaasekerb", das sich mit der Gründung des Pfungstädter Ziegenzuchtvereins und der Ziege als der Kuh des kleinen Mannes beschäftigt.

Seit einigen Jahren berichtet Fred Nitsche zusammen mit seiner für die Fotographien zuständigen Frau Karin in der Tages- und Fachpresse über die gemeinsamen Radreisen in Deutschland und Europa.

Die elf Weihnachtsgeschichten
dieses Buches umfassen den Zeitraum vom 19. Jahrhundert bis in die Gegenwart. Fred Nitsche gibt in diesen fiktiven, bisweilen leicht autobiographischen, Erzählungen Einblicke in reale historische Begebenheiten und geographische Zusammenhänge und geht dabei auch auf die jeweilige soziale Situation ein.

Die drei Themenkreise „Weihnachten und Kinder", Weihnachten und die Liebe" sowie „Weihnachten und Tiere" sind bis auf eine Geschichte in Südhessen angesiedelt. Sie spielen im Taunus, im Ried, in Darmstadt, im Odenwald und natürlich in Pfungstadt, der Heimat des Autors. In der Geschichte „Weihnachten im Krankenhaus" entführt Fred Nitsche in die weihnachtliche Bilderbuchkulisse von Kreuth am Tegernsee.

Dieses Buch ist liebevoll gestaltet mit den Vignetten von Raffaella Buhofer, die in der Schweiz im Kanton Aargau lebt.